任頤「玉壺買春」

宋文治「江南春朝」── 宋文治，當代國畫家。圖中所繪為現代人物，但江南城鎮景象，當與石破天在長樂幫所居時無異。

西安慈恩寺大雁塔——玄奘大師所建。

大唐三藏聖教序
太宗文皇帝製
蓋聞二儀有象顯
覆載以含生四時

褚遂良書「大唐三藏聖教序」──「聖教序」係唐太宗為讚譽玄奘大師所作，「聖教」指佛教。碑在大雁塔內。

左右武候大將軍
持節涼州總管上
國秦
世民告柏

李世民自署——唐太宗為秦王時，提兵攻王世充，少林寺僧有武藝者助戰有功，李世民致書少林寺住持示謝。

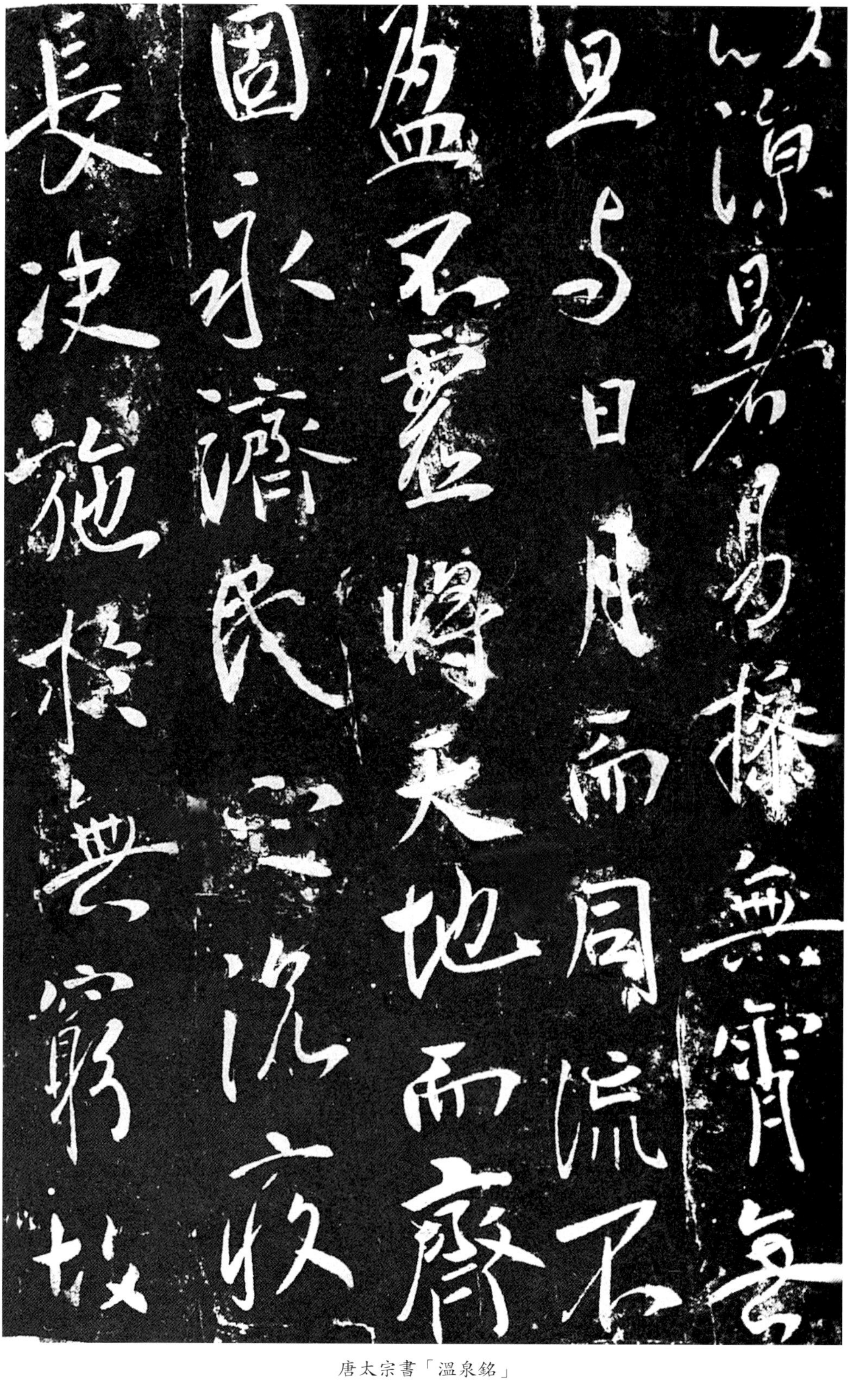

唐太宗書「溫泉銘」

大字版

俠客行

金庸

③石壁古詩

大字版金庸作品集53

俠客行 (3)石壁古詩 「公元2004年金庸新修版」

Ode to the Gallantry, Vol. 3

作　　者／金　庸

封面設計／唐壽南　內頁插畫／王司馬

發 行 人／王 榮 文
出版・發行／遠流出版事業股份有限公司
臺北市中山北路一段11號13樓
電話／2571-0297　傳真／2571-0197　郵撥／0189456-1

□2004年9月16日　初版一刷
□2022年3月16日　二版三刷

大字版　每冊*380*元（本作品全四冊，共1520元）

〔另有典藏版共36冊（不分售），平裝版共36冊，新修版共36冊，新修文庫版共72冊〕

ISBN　978-957-32-8499-4（套：大字版）
ISBN　978-957-32-8497-0（第三冊：大字版）
Printed in Taiwan

YLib 遠流博識網
http://www.ylib.com　E-mail:ylib@ylib.com

目錄

閔柔微微仰頭瞧著兒子，笑道：「昨日早晨在客店中不見了你，我急得甚麼似的。你爹爹說，到長樂幫來打聽打聽，定能得知你的訊息，果然是在這裏。」

十五　眞假幫主

石破天和丁璫遠遠跟在關東羣豪之後，馳出十餘里，便見前面黑壓壓地好大一片松林。只聽得范一飛朗聲道：「是那一路好朋友相邀？關東萬馬莊、快刀門、青龍門、鶴筆門拜山來啦。」丁璫道：「咱們躲在草叢裏瞧瞧，且看是不是爺爺。」兩人縱身下馬，彎腰走近，伏在一塊大石之後。

范一飛等聽到馬蹄之聲，早知二人跟著來，也不過去招呼，只凝目瞧著松林。四個掌門人站在前面，十餘名弟子隔著丈許，排成一列，站在四人之後。松林中靜悄悄地沒半點聲息。下弦月不甚明亮，映著滿野松林，照得人面皆靑。

過了良久，忽聽得林中一聲唿哨，左側和右側各有一行黑衣漢子奔出。每一行都有五六十人，百餘人遠遠繞到關東羣豪之後，兜將轉來，將羣豪和石丁兩人都圍住了，站定身子，手按兵刃，一聲不出。跟著松林中又出來十名黑衣漢子，一字排開。石破天輕噫一聲，這十人竟是長樂幫內外各堂的正副香主，米橫野、陳沖之、展飛等一齊到了。這十人一站定，林中緩步走出一人，正是「著手成春」貝海石。他咳嗽了幾聲，說道：「關東四大門派掌門人枉顧，敝幫兄弟……咳咳……深感榮幸，特來遠迎。咳……只是各位大駕未能早日光臨，教敝幫合幫上下，等得十分心焦。」

范一飛聽得他說話之間咳嗽連聲，便知是武林中大大有名的貝海石，心想原來對方正是自己此番前來找尋的正主兒，雖見長樂幫聲勢浩大，反放下了心事，尋思：「既是長樂幫，那麼生死榮辱，憑此一戰，倒免了跟毫不相干的丁不四等人糾纏不清。」一想到丁不四，忍不住打個寒戰，便抱拳道：「原來是貝先生遠道來迎，何以克當？在下鶴筆門范一飛。」跟著給呂正平、風良、高三娘子等三人引見了。

石破天見他們客客氣氣的廝見，心道：「他們不是來打架的。」低聲道：「是自己人，咱們出去相見罷。」丁璫拉住他手臂，在他耳邊道：「且慢，等一等再說。」

只聽范一飛道：「我們約定來貴幫拜山，不料途中遇到一些躭擱，是以來得遲了，還請貝先生和衆位香主海涵。」貝海石道：「好說，好說。不過敝幫石幫主恭候多日，不見大駕光臨，只道各位已將約會之事作罷。石幫主另有要事，便沒再等下去了。」

范一飛一怔，說道：「不知石英雄到了何處？不瞞貝先生說，我們萬里迢迢的來到中原，便是盼望有幸會見貴幫的石英雄。如果會不到石英雄，那……那……未免令我們好生失望了。」貝海石按住嘴咳嗽了幾聲，卻不作答。

范一飛又道：「我們攜得一些關東土產，幾張貂皮，幾斤人參，奉贈石英雄、貝先生、和眾位香主。微禮不成敬意，不過是千里送鵝毛的意思罷了，請各位笑納。」左手擺了擺，便有三名弟子走到馬旁，從馬上解下三個包裹，躬身送到貝海石面前。

貝海石笑道：「這……這實在太客氣了。承各位賜以厚禮，當眞……咳咳……當眞是卻之不恭，受之有愧了，多謝，多謝！」米橫野等將三個包裹接了過去。

范一飛從自己背上解下一個小小包裹，雙手托了，走上三步，朗聲道：「貴幫司徒幫主昔年在關東之時，和在下以及這三位朋友甚爲交好，蒙司徒幫主不棄，跟我們可說是有過命的交情。這裏是一隻成形的人參，有幾百年了，服之延年益壽，算得是十分稀有之物，是送給司徒大哥的。」他雙手托著包裹，望定了貝海石，卻不將包裹遞過去。

石破天好生奇怪：「怎麼另外還有個司徒幫主？」

只聽貝海石咳了幾聲，又嘆了口長氣，說道：「敝幫前幫主司徒大哥，咳咳……前幾年遇上了一件不快意事，心灰意懶，不願再理幫務，因此上將幫中大事交給了石幫主。司徒大哥……他老人家……咳咳……入山隱居，久已不聞消息，幫中老兄弟們都牽記得緊。各位這份厚禮，要交到他老人家手上，倒不大容易了。」

范一飛道：「不知司徒大哥在何處隱居？又不知爲了何事退隱？」辭意漸嚴，已隱隱有質問之意。

貝海石微微一笑，說道：「在下不過是司徒幫主的下屬，於他老人家的私事，所知實在不多，范兄等幾位既是司徒幫主的知交，在下正好請教，何以正當長樂幫好生興旺之際，司徒幫主卻突然將這副重擔交託了給石幫主？」這一來反客爲主，登時將范一飛的咄咄言辭頂了回去，反令他好生難答。范一飛道：「這個……這個我們怎麼知道？」

貝海石道：「當司徒幫主交卸重任之時，衆兄弟對石幫主的人品武功，可說一無所知，見他年紀甚輕，武林中又沒多少名望，由他來率領羣雄，老實說大夥兒心中都有點兒不服。可是石幫主接任之後，便爲本幫立了幾件大功，於本幫名聲大有好處。果然司徒幫主巨眼識英雄，他老人家不但武功高人一等，見識亦是非凡，咳咳……若非如此，他又怎會和衆位遼東英雄論交？嘿嘿！」言下之意自是說，倘若你們認爲司徒幫主眼光不對，那麼你們自己也不是甚麼好腳色了。

呂正平突然揷口道：「貝大夫，我們在關東得到的訊息，卻非如此，因此上一齊來到中原，要查個明白。」

貝海石淡淡的道：「萬里之外以訛傳訛，也是有的。卻不知列位聽到了甚麼謠言？」

呂正平道：「眞相尚未大白之前，這到底是否謠言，那也還難說。我們聽一位好朋友說道，司徒大哥是……是……」眼中精光突然大盛，朗聲道：「……是遭長樂幫的奸人所害，死得不明不白。這幫主之位，卻落在一個貪淫好色、兇横殘暴的少年浪子手裏。這位朋友言之鑿鑿，聽來似乎不是虛語。我們記著司徒大哥昔年的好處，雖自知武功名望，實在不配來過問貴幫的大事，但爲友心熱，未免……未免冒昧了。」

貝海石嘿嘿一聲冷笑，說道：「呂兄言之有理，這未免冒昧了。」

呂正平臉上一熱，心道：「人道『著手成春』貝海石精明了得，果然名不虛傳。」大聲說道：「貴幫顧奉何人爲主，局外人何得過問？我們這些關東武林道，只想請問貴幫，司徒大哥眼下是死是活？他不任貴幫幫主，到底是心所甘願，還是爲人所迫？」

貝海石道：「姓貝的雖不成器，在江湖上也算薄有浮名，說過了的話，豈有改口的？閣下要是咬定貝某撒謊，貝某也只有撒謊到底了。嘿嘿，列位都是武林中大有身分來歷之人，熱心爲朋友，本來令人好生欽佩。但這一件事，卻是欠通啊，欠通！」

高三娘子向來只受人戴高帽，拍馬屁，給貝海石如此奚落，不禁大怒，厲聲說道：「害死司徒大哥的，只怕你姓貝的便是主謀。我們來到中原，是給司徒大哥報仇來著，早就沒想活著回去。你男子漢大丈夫，既有膽子作下事來，就該有膽子承擔，你給我爽爽快快說一句，司徒大哥到底是死是活？」

貝海石懶洋洋的道：「姓貝的生了這許多年病，鬧得死不死，活不活的，早就覺得活著也沒多大味道。高三娘子要殺，不妨便請動手。」

高三娘子怒道：「還虧你是位武林名宿，卻來給老娘耍這儱㦖勁兒。你不肯說，好，你去將那姓石的小子叫出來，老娘當面問他。」她想貝海石老奸巨猾，鬥嘴鬥他不過，動武也怕寡不敵衆，那石幫主是個後生小子，縱然不肯吐實，從他神色之間，總也可看到些端倪。

站在貝海石身旁的陳沖之忽然笑道：「不瞞高三娘子說，我們石幫主喜歡女娘們，那是不錯，但他只挺愛見年輕貌美、溫柔斯文的小妞兒。要他來見高三娘子，這個……嘿嘿……只怕他……嘿嘿……」這幾句話語氣輕薄，言下之意，自是譏嘲高三娘子老醜潑辣，石幫主全無見她一見的胃口。

丁璫在暗中偷笑，低聲道：「其實高姊姊相貌也很好看啊，你又看上了她，是不是？」石破天道：「又來胡說八道！小心她放飛刀射你！」丁璫笑道：「她放飛刀射我，你幫那一個？」石破天還沒回答，高三娘子大怒之下，果然放出了三柄飛刀，銀光急閃，向陳沖之射去。

陳沖之一一躲開，笑道：「你看中我有甚麼用？」口中還在不乾不淨的大肆輕薄。

范一飛叫道：「且慢動手！」但高三娘子怒氣一發，便不可收拾，飛刀接連發出，越放越快。陳沖之避開了六把，第七把竟沒能避過，噗的一聲，正中右腿，登時屈腿跪倒。高三娘子冷笑道：「下跪求饒麼？」陳沖之大怒，拔刀撲了上來。風良揮軟鞭擋開。眼見便是一場羣毆之局，石破天突然叫道：「不可打架，不可打架！你們要見我，不是已經見到了麼？」說著攜了丁璫之手，從大石後竄了出來，幾個起落，已站在人叢之中。

陳沖之和風良各自向後躍開。長樂幫中羣豪歡聲雷動，一齊躬身說道：「參見幫主！」

范一飛等都大吃一驚，眼見長樂幫衆人的神氣絕非作僞，轉念又想：「恩公自稱姓石，年紀甚輕，武功極高，他是長樂幫的幫主，本來毫不希奇，只怪我們事先沒想到。他自稱石中玉，我們卻聽說長樂幫幫主叫甚麼石破天。嗯，石中玉，字破天，那也尋常得很啊。」

高三娘子歉然道：「石……石恩公，原來你……你便是長樂幫的幫主，我們可當眞鹵莽得緊。早知如此，那還有甚麼信不過的？」

石破天微微一笑，向貝海石道：「貝先生，沒想到在這裏碰到大家，這幾位是我朋友，大家別傷和氣。」

貝海石見到石破天，不勝之喜，他和關東羣豪原無嫌隙，略略躬身，說道：「幫主親來主持大局，那再好也沒有了，一切仗幫主作主。」

高三娘子道：「我們誤聽人言，只道司徒大哥爲人所害，因此上和貴幫訂下約會，那裏知道新幫主竟然便是石恩公。石恩公義薄雲天，自不會對司徒大哥作下甚麼虧心事，定是司徒大哥見石恩公武功比他強，年少有爲，因此上退位讓賢，卻不知司徒大哥可好？」

石破天不知如何回答，轉頭向貝海石道：「這位司徒……司徒大哥……」

貝海石道：「司徒前幫主眼下隱居深山，甚麼客人都不見，否則各位如此熱心，萬里趕來，本該是和他會會的。」

呂正平道：「在下適才出言無狀，得罪了貝先生，當眞該死之極，這裏謝過。」說著深深一揖，又道：「但司徒大哥和我們交情非同尋常，當年在遼東，大家算得上是生死之交，我們這番來到中原，終須見上他一面，萬望恩公和貝先生代爲求懇。司徒大哥不見外人，我們可不是外人。」說著雙目注視石破天。

石破天向貝海石道：「這位司徒前輩，不知住得遠不遠？范大哥他們走了這許多路來探訪他，倘若見不到，豈非好生失望？便我自己，也想見見他老人家。」

貝海石甚感爲難，幫主的說話就是命令，不便當衆違抗，只得道：「其中的種種干係，一時也說不明白。各位遠道來訪，長樂幫豈可不稍盡地主之誼？敝幫總舵離此不遠，請各位遠客駕臨敝幫，喝一杯水酒，慢慢再說不遲。」

石破天奇道：「總舵離此不遠？」貝海石微現詫異之色，說道：「此處向東北，抄近路到鎮江總舵，只七十來里路。」石破天轉頭向丁璫望去。丁璫格的一笑，伸手抿住了嘴。

范一飛等正要追查司徒幫主「快馬」司徒橫的下落，不約而同的都道：「來到江南，自須到貴幫總舵拜山。」

當下一行人逕向東北進發，當日午前到了鎮江長樂幫總舵。幫中自有管事人員對遼東羣豪殷勤接待。

石破天和丁璫並肩走進室內。侍劍見幫主回來，不由得又驚又喜，但見他帶著個美貌少女，那是見得多了，不由得暗自惱怒：「身子剛好了些，老毛病又發作了。先前我還道他一場大病之後變了性子，哼，他如變性，當眞日頭從西方出來呢。」

石破天洗了臉，剛喝得一杯茶，聽得貝海石在門外說道：「侍劍，請你稟告幫主，貝海石求見。」石破天不等侍劍來稟，便揫帷走出，說道：「貝先生，我正想請問你，那位司徒幫主到底是怎麼回事？」

貝海石道：「請幫主移步。」領著他穿過花園，來到菊畔壇的一座八角亭中，待石破天坐下，這才就坐，道：「幫主生了這場病，隔了這許多日子，以前的事仍然記不得麼？」

石破天曾聽父母仔細剖析，說道長樂幫羣豪要他出任幫主，用心險惡，是要他爲長樂幫擋災，送他一條小命，以解除全幫人衆的危難。但貝海石一直對他恭謹有禮，自己在摩天崖上寒熱交攻，幸得他相救，其後連日發病，他又曾用心診治，雖說出於自私，但自己這條命總是他救的，此刻如直言質詢，未免令他臉上難堪，再說，從前之事確是全然不知，也須問個明白，便道：「正是，請貝先生從頭至尾，詳述一遍。」

貝海石道：「司徒前幫主名叫司徒橫，有個外號叫『快馬』，以前是在遼東長白山下的，是幫主的師叔，幫主這總記得罷？」石破天奇道：「是我師叔，我……我怎麼一點也不記得了？那是甚麼門派？」

貝海石道：「司徒幫主向來不說他師承來歷，我們屬下也不便多問。三年以前，幫主奉了師父之命……」石破天問道：「奉了師父之命，我師父是誰？」貝海石搖了搖頭，道：「幫主這場病當眞不輕，竟連師父也忘記了。幫主的師承，屬下卻也不知。上次雪山派那白萬劍硬說幫主是雪山派弟子，屬下也好生疑惑，瞧幫主的武功家數，似乎不像，雪山派的功夫及不上幫主。」

石破天道：「我師父？我只拜過金烏派的史婆婆爲師，不過那是最近的事。」伸指敲了敲腦袋，只覺自己所記得的往事，與旁人所說總不相符合，好生煩惱，問道：「我奉師父之命，那便如何？」

貝海石道：「幫主奉師父之命，前來投靠司徒幫主，要他提攜，在江湖上創名立萬。過不多時，本幫便發生了一件大事，那是因商議賞善罰惡、銅牌邀宴之事而起。這一會事，幫主可記得麼？」石破天道：「賞善罰惡的銅牌，我倒知道。當時怎麼商議，我腦子裏卻一點影子也沒有了。」貝海石道：「本幫每年一度，例於三月初三全幫大聚，總舵各香主、各地分舵舵主，都來鎮江聚會，商討幫中要務。三年前的大聚之中，有個何香主忽然提到，本幫近年來好生興旺，再過得三年，邀宴銅牌便將重現江湖，那時本幫勢難倖免，如何應付，須得先行有個打算才好，免得事到臨頭，慌了手腳。」

石破天點頭道：「是啊，賞善罰惡的銅牌一到，幫主若不接牌答允去喝臘八粥，全幫上下都有盡遭殺戮之禍。那是我親眼見到過的。」貝海石心中一凜，奇道：「幫主親眼見到過了？」石破天道：「其實我眞的不是你們幫主。不過這件事我卻見到了，那是飛魚幫和鐵叉會，兩幫人衆都給殺得乾乾淨淨。」心道：「唉！大哥、二哥可也太辣手了。」

飛魚幫和鐵叉會因不接銅牌而慘遭全幫屠殲，早已轟傳武林，人人皆知。貝海石嘆了口氣，說道：「我們早料到有這一天，因此那位何香主當年提出這件事來，實在也不能說是杞人憂天，是不是？可是司徒幫主一聽，立時便勃然大怒，說何香主煽動人心，圖謀不軌，當即下令將他扣押。大夥兒紛紛求情，司徒幫主嘴上答允，半夜裏卻悄悄將他殺了，第二日卻說何香主畏罪自殺。」

石破天道：「那爲了甚麼？想必司徒幫主和這位何香主有仇，找個因頭將他害死了。」貝海石搖頭道：「那倒不是，眞正原因是司徒幫主不願旁人提及這回事。」

石破天點了點頭。他資質本甚聰明，只是從來少見人面，於人情世故才一竅不通，近來與石清夫婦及丁璫相處多日，已頗能揣摩旁人心思，尋思：「司徒幫主情知倘若接了銅牌赴宴，那便葬身海島，有去無回；但若不接銅牌，卻又是要全幫上下弟兄陪著自己一塊兒送命。這件事他自己多半早就日思夜想，盤算了好幾年，卻不願別人公然提起這難題。」

貝海石續道：「衆兄弟自然都知何香主是他殺的。他殺何香主不打緊，但由此可想而知，當邀宴銅牌到來之時，他一定不接，決不肯慷慨赴難，以換得全幫上下平安。衆兄弟當時各懷心事，默不作聲，便在那時，幫主你挺身而出，質問師叔。」

石破天大爲奇怪，問道：「是我挺身而出，質問……質問他？」

貝海石道：「是啊！當時幫主你侃侃陳辭，說道：『師叔，你旣爲本幫之主，便當深謀遠慮，爲本幫圖個長久打算。善惡二使復出江湖之期，已在不遠。何香主提出這件事來，也是爲全幫兄弟著想。師叔你逼他自殺，只恐衆兄弟不服。』司徒幫主當即變臉喝罵，說道：『大膽小子，這長樂幫總舵之中，那有你說話的地方？長樂幫自我手中而創，便算自我手中而毀，也挨不上別人來多嘴多舌。』司徒幫主這幾句話，更教眾兄弟心寒。幫主你卻說道：『師叔，你接牌也是死，不接牌也是死，又有甚麼分別？若不接牌，只不過教這許多忠肝義膽的好兄弟們都陪上一條性命而已，於你有甚麼好處？倒不如爽爽快快的慷慨接牌，教全幫上下，永遠記著你的恩德。』」

石破天點頭道：「這番話倒也不錯，可是……可是……貝先生，我卻沒這般好口才，沒本事說得這般清楚明白。」貝海石微笑道：「幫主何必過謙？幫主只不過大病之後，腦力未曾全復。日後痊愈，自又辯才無礙，別說本幫無人能及，便江湖之上，又有誰及得上你？」石破天將信將疑，道：「是麼？我……我說了這番話後，那又如何？」

貝海石道：「『司徒幫主登時臉色發青，拍桌大罵，叫道：『快……快給我將這沒上沒下的小子綁了起來！』可是他連喝數聲，眾人你看看我，我看看你，竟誰也不動。司徒幫主更加氣惱，大叫：『反了，反了！你們都跟這小子勾結了起來，要造我的反是不是？好，你們不動手，我自己來宰了這小子！』」

石破天道：「眾兄弟可勸住了他沒有？」

貝海石道：「眾兄弟心中不服，仍然誰也沒作聲。司徒幫主當即拔出刀鞘中的彎刀，縱身離座，便向幫主你砍了過來。你身子一晃，登時避開。司徒幫主連使殺著，卻都給你一一避開，也始終沒有還手。你雙手空空，司徒幫主的彎刀在武林中也是一絕，在遼東有『快馬神刀』之稱，你居然能避得七八招，可說難能可貴。當時米香主便叫了起來：『幫主，你師姪讓了你八招不還手，一來尊你是幫主，二來敬你是師叔，你再下殺手，天下人可都要派你的不是了。』司徒幫主怒喝：『誰叫他不還手了？反正你們都已偏向了他，大夥兒齊心合力將我殺了，奉這小子為幫主，豈不遂了眾人心願？』

「他口中怒罵，手上絲毫不停，霎時之間，你連遇凶險，眼見要命喪於他彎刀之下。米香主叫道：『石兄弟，接劍！』將一柄長劍拋過來給你。你伸手抄去，又讓了三招，說道：『師叔，我已讓了二十招，你再不住手，我迫不得已，可要得罪了。』司徒幫主目露兇光，揮彎刀向你頭頂砍落，當時議事廳上二十餘人齊聲大呼：『還手，還手，莫給他害了！』你說道：『得罪！』這才舉劍擋開他的彎刀。

「你二人這一動手，那就鬥得十分激烈。鬥了一盞茶時分，人人都已瞧出幫主你未出全力，是在讓他，但他還是狠命相撲，終於你使了一招猶似『順水推舟』那樣的招式，劍尖刺中了他右腕，他彎刀落地，你立即收劍，躍開三步。司徒幫主怔怔而立，臉上已全無血色，眼光從眾兄弟的臉上一個個橫掃過去。這時議事廳上半點聲息也無，只有他手腕傷口中的鮮血，一滴一滴的落在地下，發出極輕微的嗒嗒之聲。過了好半晌，他慘然說道：『好，好，好！』大踏步向外走去。廳上四十餘人目送他走出，仍是誰也沒出聲。

「司徒幫主這麼一走，誰都知道他再也沒面目回來了，幫中不可無主，大家就推你繼承。當時你慨然說道：『小子無德無能，本來決計不敢當此重任，不過再過三年，善惡銅牌便將重現江湖。小子暫居此位，那邀宴銅牌倘若送到本幫，小子便照接不誤，為各位擋去一場災難便是。』眾兄弟一聽，齊聲歡呼，當即拜倒。不瞞幫主說，你力戰司徒幫主，武功之強，眾目所睹，大家本已心服，其實即使你武功平平，只要答允為本幫擋災解難，大家出於私心，也都必擁你為主。」

石破天點頭道：「因此我幾番出外，你們都急得甚麼似的，唯恐我一去不回。」

貝海石臉上微微一紅，說道：「幫主就任之後，諸多措施，大家也無異言，雖說待眾兄弟嚴峻了些，但大家想到幫主大仁大義，甘願捨生以救眾人之命，甚麼也都不在乎了。」

石破天沉吟道：「貝先生，過去之事，我都記不起了，請你不必隱瞞，我到底做過甚麼大錯事了？」貝海石微笑道：「說是大錯，卻也未必。幫主方當年少，風流倜儻了些，也不足為病。好在這些女子大都出於自願，強迫之事，並不算多。長樂幫的聲名本來也不如何高明，眾兄弟聽到消息，也不過置之一笑而已。」

石破天只聽得額頭涔涔冒汗，貝海石這幾句話輕描淡寫，但顯然這幾年來自己的風流罪過定然作下了不少。可是他苦苦思索，除了丁璫一人之外，又跟那些女子有過不清不白的私情勾當，卻一個也想不起來；突然之間，心中轉過一個念頭：「倘若阿綉聽到了這番話，只須向我瞧上一眼，我就……我就……」

貝海石道：「幫主，屬下有一句不知進退的話，不知是否該說？」石破天忙道：「正要請貝先生教我，請你說得越老實越好。」貝海石道：「咱們長樂幫做些見不得人的買賣，原本勢所難免，否則全幫二萬多兄弟吃飯穿衣，又從那裏生發得來？咱們本就不是白道上的好漢，也用不著守他們那些仁義道德的臭規矩。只不過幫中自家兄弟們的妻子女兒，依屬下之見，幫主還是……還是少理睬她們為妙，免得傷了兄弟間的和氣。」

石破天登時滿臉通紅，羞愧無地，想起那晚展香主來行刺，說自己搶了他的老婆，只怕此事確是有的，那便如何是好？

貝海石又道：「丁不三老先生行為古怪，武功又是極高，幫主跟他孫女兒來往，將來遺棄了她，只怕丁老先生不肯干休，幫主雖也不會怕他，但總是多樹一個強敵……」石破天插口道：「我怎會遺棄丁姑娘？」貝海石微笑道：「幫主喜歡一個姑娘之時，自是當她心肝寶貝一般，只是幫主對這些姑娘都沒長性。這位丁姑娘嘛，幫主真要跟她相好，也沒甚麼。但拜堂成親甚麼的，似乎可以不必了，免得中了丁老兒的圈套。」石破天道：「可是……可是我已經和她拜堂成親了。」貝海石道：「其時幫主重病未愈，多半是病中迷迷糊糊的受了丁老兒的擺布，那也不能作得準的。」石破天皺起眉頭，一時難以回答。

貝海石心想談到此處，已該適可而止，便即扯開話題，說道：「關東四門派聲勢洶洶的找上門來，一見幫主，登時便軟了下來，恩公長、恩公短的，足見幫主威德。幫主武功增長奇速，可喜可賀，但不知是甚麼緣故？」石破天如何力退丁不四、救了高三娘子等人性命之事，途中關東羣豪早已加油添醬的說與長樂幫衆人知曉。貝海石萬萬料不到石破天武功竟會如此高強，當下想套問原由，但石破天自己也莫名其妙，自說不出個所以然來。

貝海石卻以爲他不肯說，便道：「這些人在武林中也都算是頗有名望的人物。幫主於他們既有大恩，便可乘機籠絡，以爲本幫之用。他們如問起司徒前幫主的事，幫主只須說司徒前幫主已經退隱，屬下適才所說的經過，卻不必告知他們，以免另生枝節，再起爭端，於大家都沒好處。」石破天點點頭道：「貝先生說得是。」

兩人又說了一會閒話，貝海石從懷中摸出一張淸單，稟告這幾個月來各處分舵調換了那些管事人員，甚麼山寨送來多少銀米，在甚麼碼頭收了多少月規。石破天不明所以，只唯唯而應，但聽貝海石之言，長樂幫的作爲，有些正是父母這幾日來所說的傷天害理勾當，許多地方的綠林山寨向長樂幫送來金銀財物、糧食牲口，擺明了是坐地分贓；又有甚麼地方的幫會山寨不聽號令，長樂幫便去將之挑了、滅了。他心覺不對，卻不知如何向貝海石說才是。

當晚總舵大張筵席，宴請關東羣豪，石破天、貝海石、丁璫在下首相陪。

酒過三巡，各人說了些客氣話。范一飛道：「恩公大才，整理得長樂幫這般興旺，司徒大哥想來也必十分歡喜。」貝海石道：「司徒前輩此刻釣魚種花，甚麼人都不見，好生清閒舒適。他老人家家中使用，敝幫每個月從豐送去，他要甚麼我們便送甚麼。」

范一飛正想再設辭探問，忽見虎猛堂的副香主匆匆走到貝海石身旁，在他耳旁低語了幾句。貝海石笑著點頭，道：「很好，很好。」轉頭向石破天笑道：「好教幫主得知，雪山派羣弟子給咱們擒獲之後，這幾天凌霄城又派來後援，意圖救人。那知偷鷄不著蝕把米，剛才又給咱們抓了兩個。」

石破天微微一驚，道：「將雪山派的弟子都拿住了？」貝海石笑道：「上次幫主和白萬劍那廝一起離開總舵，衆兄弟好生記掛，只怕幫主忠厚待人，著了那廝的道兒……」他當著關東羣豪之面，不便直說石破天爲白萬劍所擒，是以如此的含糊其辭，又道：「咱們全幫出動，探問幫主下落，在當塗附近撞到一干雪山弟子，略使小計，便將他們都擒了來，禁在總舵，只可惜白萬劍那廝機警了得，單單走了他一人。」

丁璫突然插口問道：「那個花萬紫花姑娘呢？」貝海石笑道：「那是第一批在總舵擒住的，丁姑娘當時也在場，是不是？那次一共拿住了七個。」

范一飛等心下駭然，均想：「雪山派赫赫威名，不料在長樂幫手下遭此大敗。」

貝海石又道：「我們向雪山派羣弟子盤問幫主的下落，大家都說當晚幫主在土地廟自行離去，從此沒再見過。大家得知幫主無恙，當時便放了心。現下這些雪山派弟子是殺是關，但憑幫主發落。」

石破天尋思：「爹爹、媽媽說，從前我確曾拜在雪山派門下學藝，這些雪山派弟子們算來都是我的師叔，怎可關著不放？當然更加不可殺害。」便道：「我們和雪山派之間有些誤會，還是……化……」他想說一句成語，但新學不久，一時想不起來。

貝海石接口道：「化敵為友。」

石破天道：「是啊，還是化敵為友罷！貝先生，我想把他們放了，請他們一起來喝酒，你說好不好？」他不知武林中是否有這規矩，因此問上一聲，又想貝海石他們花了很多力氣，才將雪山羣弟子拿到，自己輕易一句話便將他們放了，未免擅專。旁人雖尊他為幫主，他自己卻不覺幫中上下人人都須遵從他的號令。貝海石笑道：「幫主如此寬宏大量，正是武林中一件美事。」便吩咐道：「將雪山派那些人都帶上來。」

那副香主答應了下去，不久便有四名幫眾押著兩個白衣漢子上來。那二人都雙手給反綁了，白衣上染了不少血跡，顯是經過一番爭鬥，兩人都受了傷。那副香主喝道：「上前參見幫主。」

那年紀較大的中年人怒目而視，另一個三十歲左右的壯漢破口大罵：「爽爽快快的，將老爺一刀殺了！你們這些作惡多端的賊強盜，總有一日惡貫滿盈，等我師父威德先生到來，將你們一個個碎屍萬段，為我報仇。」

忽聽得窗外暴雷也似的一聲喝道：「時師弟罵得好痛快！狗強盜，下三濫的王八蛋！」但聽得鐵鍊叮噹之聲，自遠而近，二十餘名雪山派弟子都戴了足鐐手銬，昂然走入大廳。耿萬鍾、呼延萬善、王萬仞、柯萬鈞、花萬紫等均在其內，連那輕功十分了得的汪萬翼這次也給拿住了。王萬仞一進門來，便「狗強盜、王八蛋」的罵不絕口，有的則道：「有本事便眞刀眞槍的動手，使悶香蒙藥，那是下三濫的小賊所為。」

范一飛與風良等對望了一眼，均想：「倘若是使悶香蒙汗藥將他們擒住的，那便沒甚麼光采了。」

貝海石一瞥之間，已知關東羣豪的心意，當即離座而起，笑吟吟的道：「當塗一役，我們確是使了蒙汗藥，倒不是怕了各位武功了得，只是顧念石幫主和各位的師長昔年有一些淵源，不願動刀動槍的傷了各位，有失和氣。各位這麼說，顯是心中不服，這樣罷，各位一個個上來和在下過過招，只要有那一位能接得住在下十招，咱們長樂幫就算是下三濫的狗強盜如何？」

當日長樂幫總舵一戰，貝海石施展五行六合掌，柯萬鈞等都是走不了兩三招便即給他點倒，若說要接他十招，確是難以辦到。新被擒的雪山弟子時萬年卻不知他功夫如此了得，眼見他面黃憔悴、骨瘦如柴，一派病夫模樣，對他有何忌憚？當即大聲叫道：「你們長樂幫只不過倚多爲勝，有甚麼了不起？別說十招，你一百招老子也接了。」

貝海石笑道：「很好，很好！這位老弟台果然膽氣過人。咱們便這麼打個賭，你接得下我十招，長樂幫是下三濫的狗強盜。倘若你老弟在十招之內輸了，雪山派便是下三濫的狗強盜，好不好？」說著走近身去，右手一拂，綁在時萬年身上幾根手指粗細的麻繩應手而斷，笑道：「請罷！」

時萬年遭綁之後，不知已掙扎了多少次，知道身上這些麻繩十分堅韌，那知這病夫如此輕描淡寫的隨手一拂，自己說甚麼也掙不斷的麻繩竟如粉絲麵條一般。霎時之間，他臉色大變，不由自主的身子發抖，那裏還敢和貝海石動手？

忽然間廳外有人朗聲道：「很好，很好！這個賭咱們打了！」衆人一聽到這聲音，雪山弟子登時臉現喜色，長樂幫幫衆俱都一愕，連貝海石也微微變色。

只聽得廳門砰的一聲推開，有人大踏步走了進來，器宇軒昂，英姿颯爽，正是「氣寒西北」白萬劍。他抱拳拱手，說道：「在下不才，就試接貝先生十招。」

貝海石微微一笑，神色雖仍鎮定，心下卻已十分尷尬，以白萬劍的武功而論，自己雖能勝得過他，但勢非在百招以外不可，要在十招之內取勝，那可萬萬不能。他心念一轉，便即笑道：「十招之賭，只能欺欺白大俠的衆位師弟。白大俠親身駕到，咱們這個打賭便須改一改了。白大俠倘若有興與在下過招，咱們點到爲止，二三百招內決勝敗罷！」

白萬劍森然道：「原來貝先生說過的話，是不算數的。」貝海石哈哈一笑，說道：「十招之賭，只是對付一般武藝低微、狂妄無知的少年，難道白大俠是這種人麼？」

白萬劍道：「倘若長樂幫自承是下三濫的狗強盜，那麼在下就算武藝低微、狂妄無知，又有何妨？」他進得廳來，見石破天神采奕奕的坐在席上，衆師弟卻個個全身銬鐐，容色萎悴，心下惱怒已極，因此抓住了貝海石一句話，定要逼得他自承是下三濫的狗強盜。

便在此時，門外忽然有人朗聲道：「松江府楊光、玄素莊石清、閔柔前來拜訪。」正是石清的聲音。

石破天大喜，一躍而起，叫道：「爹爹，媽媽！」奔了出去。他掠過白萬劍身旁之時，白萬劍一伸手便扣他手腕。

這一下出手極快，石破天猝不及防，已給扣住脈門，但他急於和父母相見，不暇多想，隨手一甩，眞力到處，白萬劍只覺半身酸痲，急忙鬆指，只覺一股大力衝來，忙向旁跨出兩步，這才站定，一變色間，只聽貝海石笑吟吟的道：「果然武藝高強，見識廣博！」這句話明裏似是稱讚石破天，骨子裏正是譏刺白萬劍「武藝低微、狂妄無知」。

只見石破天眉花眼笑的陪著石清夫婦走進廳來，另一個身材高大的白鬚老者走在中間，他身後又跟著五個漢子。鎭江與松江相去不遠，長樂幫羣豪知他是江南武林名宿銀戟楊光，更聽幫主叫石清夫婦爲「爹爹、媽媽」，自是人人都站起身來。但見石破天攜著閔柔之手，神情極是親密。

閔柔微微仰頭瞧著兒子，笑著說道：「昨日早晨在客店中不見了你，我急得甚麼似的，你爹爹卻說，倘若有人暗算於你，你或者難以防備，要說將你擄去，那就再也不能了。他說到長樂幫來打聽打聽，定能得知你的訊息，果然是在這裏。」

丁璫一見石清夫婦進來，臉上紅得猶如火炭一般，轉過了頭不敢去瞧他二人，卻豎起耳朵，傾聽他們說些甚麼。

只聽得石清夫婦、楊光和貝海石、范一飛、呂正平等一一見禮。楊光身後那五個漢子均是江南出名的武師，是楊光與石清就近邀來長樂幫評理作見證的。各人都是武林中頗有名望的人物，甚麼「久仰大名、如雷貫耳」之類的客套話，好一會才說完。范一飛等既知他們是石破天的父母，執禮更爲恭謹。石清夫婦不知就裏，見對方禮貌逾恆，自不免加倍的客氣。只貝海石突然見到石破天多了一對父母出來，而這兩人更是聞名江湖的玄素莊莊主，饒是他足智多謀，霎時間也不禁茫然失措。

石破天向貝海石道：「貝先生，這些雪山派的英雄們，咱們就都放了罷，行不行？」他不敢發施號令，要讓貝海石拿主意。

貝海石笑道：「幫主有令，把雪山派的『英雄們』都給放了。」他將「英雄們」三字說得加倍響亮，顯是大有譏嘲之意。長樂幫中十餘名幫衆轟然答應：「是！幫主有令，把雪山派的『英雄們』都給放了。」當下便有人拿出鑰匙，去開雪山弟子身上的足鐐手銬。

白萬劍手按劍柄，大聲說道：「且慢！石……哼，石幫主，貝先生，當著松江府銀戟楊老英雄和玄素莊石莊主夫婦在此，咱們有句話須得說個明白。」頓了一頓，說道：「咱們武林中人，如若學藝不精，刀槍拳腳上敗於人手，對方要殺要辱，那是咎由自取，死而無怨。可是我這些師弟，卻是中了長樂幫的蒙汗藥而失手被擒，長樂幫使這等卑鄙無恥的手段，到底是損了雪山派的聲譽，還是壞了長樂幫名頭？這位貝先生適才又說甚麼來，不妨再說給幾位新來的朋友聽聽。」

貝海石乾咳兩聲，笑道：「這位白兄弟……」白萬劍厲聲道：「誰跟下三濫的狗強盜稱兄道弟了！好不要臉！」貝海石道：「我們石幫主……」

石清插口道：「貝先生，我這孩兒年輕識淺，何德何能，怎可當貴幫的幫主？不久之前他又生了一場重病，將舊事都忘記了。這中間定有重大誤會，那『幫主』兩字，再也休得提起。在下邀得楊老英雄等六位朋友來此，便是要評說分解此事。白師兄，貴派和長樂幫有過節，我不肖的孩兒又曾得罪了你。這兩件事該當分開來談。我姓石的雖是江湖上泛泛之輩，對人可從不說一句假話。我這孩兒確是將舊事忘得乾乾淨淨了。」他頓了一頓，朗聲又道：「然而只要是他曾經做過的事，不管記不記得，決不敢推卸罪責。至於旁人假借他名頭來幹的事，卻和我孩兒一概無涉。」

廳上羣雄愕然相對，誰也沒料到突然竟會有這意外變故發生。

貝海石乾笑道：「嘿嘿，嘿嘿，這是從那裏說起？石幫主……」心下只連珠價叫苦。

石破天搖頭道：「我爹爹說得不錯。我不是你們的幫主，我不知說過多少遍了，可是你們一定不信。」

范一飛道：「這中間到底有甚麼隱秘，兄弟頗想洗耳恭聽。我們只知長樂幫的幫主是遼東『快馬』司徒橫司徒大哥，怎麼變成是石恩公了？」

楊光一直不作聲，這時撚鬚說道：「白師傅，你也不用性急，誰是誰非，武林中自有公論。」他年紀雖老，說起話來卻聲若洪鐘，中氣充沛，隨隨便便幾句話，便威勢十足，教人不由得不服。只聽他又道：「一切事情，咱們慢慢分說，這幾位師傅身上的銬鐐，先行開了。」

長樂幫的幾名幫眾見貝海石點了點頭，便用鑰匙將雪山弟子身上的鐐銬一一打開。

白萬劍聽石清和楊光二人的言語，竟大有向貝海石問罪之意，對自己反而並無敵意，倒大非始料之所及。他眾師弟爲長樂幫所擒，人孤勢單，向貝海石斥罵叫陣，那也是硬著頭皮的無可奈何之舉，爲了雪山派的面子，縱然身遭亂刀分屍，也不肯吞聲忍辱，說到取勝的把握，自然半分也無，單貝海石一人自己便未必鬥得過。不料石清夫婦與楊光突然來到，忽爾生出了轉機，當下並不多言，靜觀貝海石如何應付。

石清待雪山羣弟子身上鐐銬脫去、分別就坐之後，又道：「貝先生，小兒這麼一點兒年紀，見識淺陋之極，要說能爲貴幫一幫之主，豈不令天下英雄齒冷？今日當著楊老英雄和江南武林朋友，白師兄和雪山派眾位師兄，關東四大門派眾位面前，將這事說個明白。我這孩兒石中玉與長樂幫自今而後再沒半分干係。他這些年來自己所做的事，自當一一清理，至於旁人借他名義做下的勾當，是好事不敢掠美，是壞事卻也不能空擔惡名。」

貝海石笑道：「石莊主說出這番話來，可真令人大大的摸不著頭腦了。石幫主出任敝幫幫主，已歷三年，並非一朝一夕之事，咳咳……我們可從來沒聽幫主說過，名動江湖的玄素雙劍……咳咳……竟是我們幫主的父母。」轉頭對石破天道：「幫主，你怎地先前一直不說？否則玄素莊離此又沒多遠，當你出任幫主之時，咱們就該請令尊令堂大人前來觀禮了。」

石破天道：「我……我……我本來也不知道啊。」

此語一出，衆人都大爲差愕：「怎麼你本來也不知道？」

石清道：「我這孩兒生了一場重病，將過往之事一概忘了，連父母也記不起來，須怪他不得。」

貝海石本來給石清逼問得狼狽之極，難以置答，長樂幫衆首腦心中都知，所以立石破天爲幫主，不過要他去擋俠客島銅牌的劫難，直截了當的說，便是要他做替死鬼，但這話即在本幫之內，大家也只心照，實不便宣之於口，又如何能對外人說起？忽聽石破天說連他自己也不知石清夫婦是他父母，登時抓住了話頭，說道：「幫主確曾患過一場重病，寒熱大作，昏迷多日，但那只是兩個多月之前的事。他出任長樂幫幫主之時，卻是身子好好的，神智清明，否則怎能以一柄長劍與司徒前幫主的彎刀拆上近百招，憑武功將司徒前幫主打敗，因而登上幫主之位？」

石清和閔柔沒聽兒子說過此事，均感詫異。閔柔問道：「孩兒，這事到底怎樣？」關東四門派掌門人聽說石破天打敗了司徒橫，也十分關注，聽閔柔問起，同時瞧著石破天。

貝海石道：「我們向來只知幫主姓石，雙名上破下天。『石中玉』這三字，卻只從白師傅和石莊主口中聽到。是不是石莊主認錯了人呢？」

閔柔怒道：「我親生的孩兒，那有認錯之理？」她雖素來溫文有禮，但貝海石竟說這寶貝兒子不是她的孩兒，卻忍不住發怒。

石清見貝海石糾纏不清，心想此事終須叫穿，說道：「貝先生，咱們明人不說暗話，貴幫這般瞧得起我孩兒這無知少年，決非為了他有甚麼雄才偉略、神機妙算，只不過想借他這條小命，來擋過俠客島銅牌邀宴這一劫，你說是也不是？」

這句話開門見山，直說到了貝海石心中，他雖老辣，臉上也不禁變色，乾咳了幾下，又苦笑幾聲，拖延時刻，腦中卻在飛快的轉動念頭，該當如何對答。忽聽得一人哈哈大笑，說道：「各位在等俠客島銅牌邀宴，是不是？很好，好得很，銅牌便在這裏！」

只見大廳之中忽然站著兩個人，一胖一瘦，衣飾華貴，這兩人何時來到，竟誰也沒有知覺。

石破天眼見二人，心下大喜，叫道：「大哥，二哥，多日不見，別來可好？」

石清夫婦曾聽他說起和張三、李四結拜之事，聽得他口稱「大哥、二哥」，這一驚當眞非同小可。石清忙道：「二位來得正好。我們正在分說長樂幫幫主身分之事，二位正可也來作個見證。」這時石破天已走到張三、李四身邊，拉著二人的手，甚是親熱歡喜。

張三笑嘻嘻的道：「三弟，你這個長樂幫幫主，只怕是冒牌貨罷？」

閔柔心想孩兒的生死便懸於這頃刻之間，再也顧不得甚麼溫文嫻淑，當即插口道：「是啊！長樂幫的幫主是『快馬』司徒橫司徒幫主，他們騙了我孩兒來擋災，那是當不得眞的。」

張三向李四問道：「老二，你說如何？」李四陰惻惻的道：「該找正主兒。」張三笑嘻嘻的道：「是啊，咱三個義結金蘭，說過有福共享，有難同當。長樂幫要咱們三弟來擋災，那不是要我哥兒們的好看嗎？」

羣雄一見張三、李四突然現身的身手，已知他二人武功高得出奇，再見他二人的形態，宛然便是三十年來武林中聞之色變的善惡二使，無不凜然，便貝海石、白萬劍這等高手，也不由得心中怦怦而跳。但聽他們自稱和石破天是結義兄弟，又均不明其故。

張三又道：「我哥兒倆奉命來請人去喝臘八粥，原是一番好意。不知如何，大家總不肯賞臉，推三阻四的，教人好生掃興。再說，我們所請的，不是大門派的掌門人，便是大幫的幫主、大教的教主，等閒之人，那兩塊銅牌也還到不了他手上。很好，很好，很好！」

他連說三個「很好」，眼光向范一飛、呂正平、風良、高三娘子四人臉上掃過，只瞧得四人心中發毛。他最後瞧到高三娘子時，目光多停了一會，笑嘻嘻的又道：「很好！」范一飛等都已猜到，自己是關東四大門派掌門人，這次也在受邀之列，張三所以連說「很好」，當是說四個人都在這裏遇到，倒省了一番跋涉之勞。

高三娘子大聲道：「你瞧著老娘連說『很好』，那是甚麼意思？」張三笑嘻嘻的道：「很好就是很好，那還有甚麼意思？總之不是『很不好』，也不是『不很好』就是了。」

高三娘子喝道：「你要殺便殺，老娘可不接你銅牌！」右手一揮，呼呼風響，兩柄飛刀便向張三激射過去。

衆人都是一驚，均想不到她一言不合便即動手，對善惡二使竟也毫不忌憚。其實高三娘子性子雖然暴躁，卻非全無心機的草包，她料想善惡二使既送銅牌到來，這場災難無論如何躲不過了，眼下長樂幫總舵之中高手如雲，敵愾同仇，一動上手，誰都不會置身事外，與其讓他二人來逐一殲滅，不如乘著人多勢衆之際，合關東四派、長樂幫、雪山派、玄素莊、楊光等江南豪傑諸路人馬之力，打他個以多勝少。

石破天叫道：「大哥，小心！」

張三笑道：「不礙事！」衣袖輕揮，兩塊黃澄澄的東西從袖中飛了出去，分別射向兩柄飛刀，噹的一聲，兩塊黃色之物由豎變橫，托著飛刀向高三娘子撞去。

從風聲聽來，這飛撞之力甚是淩厲，高三娘子雙手齊伸，抓住了兩塊黃色之物，只覺雙臂震得發痛，上半身盡皆酸麻，低頭看時，不由得倒抽一口涼氣，托著飛刀的黃色之物，正是那兩塊追魂奪命的賞善罰惡銅牌。

她早就聽人說過善惡二使的規矩，只要伸手接了他二人交來的銅牌，就算是答允赴俠客島之宴，再也不能推託。霎時之間，她臉上更無半分血色，身子也不由自主的微微發抖，乾笑道：「哈哈，要我……我……我……我去俠客島……喝……臘八……粥……」聲音苦澀不堪，旁人聽著都不禁代她難受。

張三仍笑嘻嘻的道：「貝先生，你們安排下機關，騙我三弟來冒充幫主。他是個忠厚老實之人，不免上當。我張三、李四卻不忠厚老實了。我們來邀客人，豈有不查個明白的？倘然邀錯了人，鬧下天大的笑話，張三、李四顏面何存？長樂幫幫主這個正主兒，我們早查得清清楚楚，倒花了不少力氣，已找了來放在這裏。兄弟，咱們請正主兒下來，好不好？」李四道：「不錯，該當請他下來。」伸手抓住兩張圓凳，呼的一聲，向廳頂擲了上去。

只聽得轟隆一聲響亮，廳頂登時撞出個大洞，泥沙紛落之中，挾著一團物事掉了下來，砰的一聲，摔在筵席之前。

羣豪不約而同的向旁避了幾步，只見從廳頂摔下來的竟然是個人。這人縮成一團，蜷伏於地。

李四左手食指點出，嗤嗤聲響，解開了那人穴道。那人慢慢站起身來，伸手揉眼，茫然四顧。

眾人齊聲驚呼，有的說：「他，他！」有的說：「怎……怎麼……」有的說：「怪……怪了！」眾人見李四凌虛解穴，以指風撞擊數尺外旁人的穴道，這等高深的武功向來只是耳聞，從未目睹，人人早已驚駭無已，又見那人五官面目宛然便又是一個石破天，只全身綾羅，服飾華麗，更感詫異。

只聽那人顫聲道：「你……你們又要對我怎樣？」

張三笑道：「石幫主，你躲在揚州妓院之中，數月來埋頭不出，艷福無邊。貝先生他們到處尋你不著，只得另外找了個人來冒充你作幫主。但你想瞞過俠客島使者的耳目，可沒這麼容易了。我們來請你去喝臘八粥，你去是不去？」說著從袖中取出兩塊銅牌，托在手中。

那少年臉現懼色，急退兩步，顫聲道：「我……我當然不去。我幹麼……幹麼要去？」

石破天奇道：「大哥，這……這到底是怎麼回事？」

張三笑道：「三弟，你瞧這人相貌跟你像不像？長樂幫奉他爲幫主，本是要他來接銅牌的，可是這人怕死，悄悄躲了起來，貝先生他們無可奈何，便騙了你來頂替他作幫主。可是你大哥、二哥還是將他揪了出來，叫你作不成長樂幫的幫主，你怪不怪我？」

石破天搖搖頭，目不轉睛的瞧著那人，過了半晌，說道：「媽媽，爹爹，叮叮噹噹，貝先生，我……我早說你們認錯了人，我不是他，他……他才是眞的。」

閔柔搶上一步，顫聲道：「你……你是玉兒？」那人點了點頭，道：「媽，爹，你們都在這裏。」

白萬劍踏上一步，森然道：「你還認得我嗎？」那人低下了頭，抱拳行禮，說道：「白師叔，衆……衆位師叔，也都來了。」白萬劍嘿嘿冷笑，道：「我們都來了。」

貝海石皺眉道：「這兩位容貌相似，身材年歲又是一樣，到底那一位是本幫的幫主，我可認不出來，這當眞是天下之大，無奇不有。你……你才是石幫主，是不是？」那人點了點頭。貝海石道：「這些日子中，幫主卻又到了何處？咱們到處找你不到。後來有人見到這個……這個少年，說道幫主是在摩天崖上，我們這才去請了來，咳咳……眞正想不到……咳咳……」那人道：「一言難盡，慢慢再說。」

廳上突然間寂靜無聲，衆人瞧瞧石破天，又瞧瞧石幫主，兩人容貌果然頗爲肖似，但並立在一起，相較之下，畢竟也大爲不同。一個似是鄉下粗鄙農夫，另一個卻是翩翩濁世富家公子。石破天臉色較黑，眉毛較粗，手腳也較粗壯，不及石幫主的俊美文秀，但若非同時現身，卻也委實不易分辨。過了一會，只聽得閔柔抽抽噎噎的哭了出來。

白萬劍說道：「容貌可以相同，難道腿上的劍疤也一般無異，此中大有情弊。」丁璫忍不住也道：「這人是假的。眞的天哥，左肩上有……有個疤痕。」石清也懷疑滿腹，說道：「我那孩兒幼時曾爲人暗器所傷。」指著石破天道：「這人身上有此暗器傷痕，到底誰眞誰假，一驗便知。」衆人瞧瞧石破天，又瞧瞧那華服少年，都是滿腹疑竇。

張三哈哈笑道：「既要僞造石幫主，自然是一筆一劃，都要造得眞像才行。眞的身上有疤，假的當然也有。貝大夫這『著手成春』四個字外號，難道是白叫的嗎？他說我三弟昏迷多日，自然是那時候在我三弟身上作上了手腳。」突然間欺近身去，隨手在那華服少年的肩頭、左腿、左臂三處分別抓了一下。那少年衣褲上登時給他抓出了三個圓孔，露出雪白的肌膚來。

只見他肩頭有疤、腿上有傷，臂部有痕，與丁璫、白萬劍、石清三人所說盡皆相符。

衆人都「啊」的一聲驚呼，既訝異張三手法之精，這麼隨手幾抓絲毫不傷皮肉，而切割衣衫利逾幷剪，復見那少年身上的疤痕，果與石破天身上一模一樣。

丁璫搶上前去，顫聲道：「你……你……果眞是天哥？」那少年苦笑道：「叮叮噹噹，這麼些日子不見你，我想得你好苦，你卻早將我拋在九霄雲外了。你認不得我，可是你啊，我便再隔一千年，一萬年，也永遠認得你。」丁璫聽他這麼說，喜極而泣，道：「你……你才是眞的天哥。他……他可惡的騙子，又怎說得出這些眞心深情的話來？我險些兒給他騙上了！」說著向石破天怒目而視，同時情不自禁的伸手拉住了那少年的手。那少年將手掌緊了一緊，向她微微一笑。丁璫登覺如沐春風，喜悅無限。

石破天走上兩步，說道：「叮叮噹噹，我早就跟你說，我不是你的天哥，你……你生不生我的氣？」

突然間啪的一聲，他臉上熱辣辣的著了個耳光。

丁璫怒道：「你這騙子，啊唷，啊唷！」連連揮手，原來她這一掌打得甚是著力，卻給石破天的內力反激出來，震得她手掌好不疼痛。

石破天道：「你……你的手掌痛嗎？」丁璫怒道：「滾開，滾開，我再也不要見你這無恥的騙子！」石破天黯然神傷，喃喃道：「我……我又不是故意騙你的。」丁璫怒道：「還說不是故意？你肩頭做了個假傷疤，幹麼不早說？」石破天搖頭道：「我自己也不知道！」丁璫頓足道：「騙子，騙子，你走開！」一張俏臉蛋脹得通紅。

石破天眼中淚珠滾來滾去，險些便要奪眶而出，強自忍住，退了開去，好在心中自有安慰：「我又不想要你做老婆，我另外有個『心肝寶貝』阿綉，她可比你斯文多了，她從來不打我。」

石清轉頭問貝海石道：「貝先生，這……這位少年，你們從何處覓來？我這孩兒，又如何給你們硬栽爲貴幫的幫主？武林中朋友在此不少，還得請你分說明白，以釋衆人之疑。」

貝海石道：「這位少年相貌與石幫主一模一樣，連你們玄素雙劍是親生的父母，也都分辨不出。我們外人認錯了，怕也難怪罷？」

石清點了點頭，心想這話倒也不錯。

閔柔卻道：「我夫婦和兒子多年不見，孩子長大了，自不易辨認。貝先生這幾年來和我孩子日夕相見，以貝先生的精明，卻是不該認錯的。」

貝海石咳嗽幾聲，苦笑道：「這……這也未必。」那日他在摩天崖見到石破天，便知不是石中玉，但遍尋石中玉不獲，正自心焦如焚，靈機一動，便有意要石破天頂替。恰好石破天渾渾噩噩，安排起來容易不過，這番用心自是說甚麼也不能承認的，又道：「石幫主接任敝幫幫主，那是憑武功打敗了司徒前幫主，才由衆兄弟羣相推戴。石幫主，此事可是有的？『硬栽』二字，從何說起？」

那少年石中玉道：「貝先生，事情到了這步田地，也就甚麼都不用隱瞞了。那日在淮安府我得罪了你，給你擒住。你說只須一切聽你吩咐，就饒我性命，於是你叫我入了你們長樂幫，要我當眾質問司徒幫主爲何逼得何香主自殺，問他爲甚麼不肯接俠客島銅牌，又叫我跟司徒幫主動手。憑我這點兒微末功夫，又怎是司徒幫主的對手？是你貝先生和眾香主在混亂中一擁而上，假意相勸，其實是一起制住了司徒幫主，逼得他大怒而去，於是你便叫我當幫主。此後一切事情，還不是都聽你貝先生的吩咐，你要我東，我又怎敢向西？我想想實在沒味兒，便逃到了揚州，倒也逍遙快活。那知莫名其妙的卻又給這兩位老兄抓到了這裏，將我點了穴道，放在大廳頂上。貝先生，這長樂幫的幫主，還是你來當。這個傀儡幫主的差使，請你開恩免了罷。」他口才便捷，說來有條有理，人人登時恍然。

貝海石臉色鐵青，說道：「那時候幫主說甚麼話來？事到臨頭，卻又翻悔推託。」

石中玉道：「唉，那時候我怎敢不聽你吩咐？此刻我爹娘在此，你尚且對我這麼狠霸霸的，別的事也就可想而知了。」他眼見賞善罰惡二使已到，倘若推不掉這幫主之位，勢必性命難保，又有了父母作靠山，言語中便強硬起來。

米橫野大聲道：「幫主，你這番話未免顛倒是非了。你作本幫幫主，也不是三天兩日之事，平日作威作福，風流快活，作踐良家婦女，難道都是貝先生逼迫你的？若不是你口口聲聲向眾兄弟拍胸擔保，賭咒發誓，說道定然會接俠客島銅牌，眾兄弟又怎容你如此胡鬧？」

石中玉難以置辯，便只作沒聽見，笑道：「貝先生本事當眞不小，我隱居不出，免惹麻煩，虧得你不知從何處去找了這小子出來。這小子的相貌和我也眞相像。他既愛冒充，就冒充到底好了，又來問我幹甚麼？爹，媽，這是非之地，咱們及早離去爲是。」

他口齒伶俐，比之石破天當眞天差地遠，兩人一開口說話，立時全然不同。

米橫野、陳沖之、展飛等同時厲聲道：「你想撒手便走，可沒這般容易。」說著各自按住腰間刀柄、劍把。

張三哈哈笑道：「石幫主，貝先生，咱們打開天窗說亮話。憑著司徒橫和石幫主的武功聲望，老實說，也眞還不配上俠客島去喝一口臘八粥。長樂幫這幾年來幹的惡事太多，我兄弟二人今天來到貴幫的本意，乃是『罰惡』，本來也不盼望石幫主能接銅牌。只不過向例如此，總不免先問上一聲。石幫主你不接銅牌，是不是？好極，好極！你不接最好！」

貝海石與長樂幫羣豪都心頭大震，知道石中玉若不接他手中銅牌，這胖瘦二人便要大開殺戒。聽這胖子言中之意，此行主旨顯是誅滅長樂幫。他二人適才露的幾手功夫，全幫無人能敵。但石中玉顯然說甚麼也不肯做幫主，那便如何是好？

霎時之間，大廳中更沒半點聲息。人人目光都瞧著石中玉。

石破天道：「貝先生，我大哥……他可不是說著玩的，說殺人便當眞殺人，飛魚幫、鐵叉會那些人，都給他兩個殺得乾乾淨淨。我看不論是誰做幫主都好，先將這兩塊銅牌接了下來，免得多傷人命。雙方都是好兄弟，眞要打起架來，我可不知要幫誰才好。」

貝海石道：「是啊，石幫主，這銅牌是不能不接的。」

石破天向石中玉道：「石幫主，你就接了銅牌罷。你接牌也是死，不接也是死。只不過倘若不接呢，那就累得全幫兄弟都陪了你一起死，這……這於心何忍？」

石中玉嘿嘿冷笑，說道：「你慷他人之慨，話倒說得容易。你既如此大仁大義，幹麼不給長樂幫擋災解難，自己接了這兩塊銅牌？嘿嘿，當眞好笑！」

石破天嘆了口氣，向石淸、閔柔瞧了一眼，向丁璫瞧了一眼，說道：「貝先生，衆位一直待我不錯，原本盼我能爲長樂幫消此大難，眞的石幫主既不肯接，就由我來接罷！」說著走向張三身前，伸手便去取他掌中銅牌。衆人盡皆愕然。

張三將手一縮，說道：「且慢！」向貝海石道：「俠客島邀宴銅牌，只交正主。貴幫到底奉那一位作幫主？」

貝海石等萬料不到，石破天在識破各人的陰謀詭計之後，竟仍肯爲本幫賣命，這些人雖然個個兇狡剽悍，但此時無不油然而生感激之情，不約而同的齊向石破天躬身行禮，說道：「願奉大俠爲本幫幫主，遵從幫主號令，決不敢有違。」這幾句話倒也說得萬分誠懇。

石破天還禮道：「不敢，不敢！我甚麼事都不懂，說錯了話，做錯了事，你們不要怪我才好。」貝海石等齊聲道：「不敢！」

張三哈哈一笑，問道：「兄弟，你到底姓甚麼？」石破天茫然搖頭，說道：「我眞的不知道。」向閔柔瞧了一眼，又向石清瞧了一眼，見兩人對自己瞧著的目光中仍充滿愛憐之情，說道：「我……我還是姓石罷！」張三道：「好！長樂幫石幫主，今年十二月初八，請到俠客島來喝臘八粥。」石破天道：「自當前來拜訪兩位哥哥。」

張三道：「憑你的武功，這碗臘八粥大可喝得。只可惜長樂幫卻從此逍遙自在了。」李四搖頭道：「可惜，可惜！」不知是深以不能誅滅長樂幫爲憾，還是說可惜石破天枉自爲長樂幫送了性命。貝海石等都低下了頭，不敢和張三、李四的目光相對。

張三、李四對望一眼，都點了點頭。張三右手揚處，兩塊銅牌緩緩向石破天飛去。銅牌份量不輕，擲出之後，本當勢挾勁風的飛出，但如此緩緩凌空推前，便如空中有兩根瞧不見的細線吊住一般，內力之奇，實是罕見罕聞。

衆人睜大了眼睛，瞧著石破天。閔柔突然叫道：「孩兒別接！」石破天道：「媽，我已經答允了的。」雙手伸去，一手抓住了一塊銅牌，向石清道：「爹爹……不……石……石……石莊主明知凶險，攸關性命生死，仍要代上清觀主赴俠客島去，英雄俠義，孩兒……我也要學上一學。」

李四道：「好！英雄俠義，重義輕生，這才是好漢子、大丈夫，不枉了跟你結拜一場。兄弟，咱們把話說在前頭，到得俠客島上，大哥、二哥對你一視同仁，可不能給你甚麼特別照顧。」石破天道：「這個自然。」

李四道：「這裏還有幾塊銅牌，是邀請關東范、風、呂三位去俠客島喝臘八粥的。三位接是不接？」

范一飛向高三娘子瞧了一眼，心想：「你既已經接了，咱們關東四大門派同進同退，也只有硬著頭皮，將這條老命去送在俠客島了。」當即說道：「承蒙俠客島上的大俠客們瞧得起，姓范的焉有敬酒不喝喝罰酒之理？」走上前去，從李四手中接過兩塊銅牌。風良哈哈一笑，說道：「到十二月初八還有兩個月，就算到那時非死不可，可也是多活了兩個月。」當下與呂正平都接了銅牌。

張三、李四二人抱拳行禮，說道：「各位賞臉，多謝了。」向石破天道：「兄弟，我們尚有遠行，今日可不能跟你一起喝酒了，這就告辭。」石破天道：「喝三碗酒，那也無妨。兩位哥哥的酒葫蘆呢？」張三笑道：「扔了，扔了！這種酒配起來可艱難得緊，帶著兩個空葫蘆有甚麼趣味？好罷，二弟，咱哥兒三個這就喝三碗酒。」

長樂幫中的幫眾斟上酒來，張三、李四和石破天對乾三碗。

石清踏上一步，朗聲道：「在下石清，忝爲玄素莊莊主，意欲與內子同上俠客島來討一碗臘八粥喝。」

張三說道：「三十多年來，武林中人一聽到俠客島三字，無不心驚膽戰，今日居然有人自願前往，倒第一次聽見。英雄肝膽，了不起！」李四道：「石莊主、石夫人，這可對不起了。你兩位是上清觀門下，未曾另行開宗立派，劍術雖精，也仍是上清觀一派，此番難以奉請。楊老英雄和別的幾位也是這般。」

白萬劍問道：「兩位尙有遠行，是否……是否前去凌霄城？」張三道：「白英雄料事如神，我二人正要前去拜訪令尊威德先生白老英雄。」白萬劍臉上登時變色，踏上一步，欲言又止，隔了半晌，才道：「好。」

張三笑道：「白英雄倘若回去得快，咱們還可在凌霄城再見。請了，請了！」和李四一舉手，二人一齊轉身，緩步出門。

高三娘子罵道：「王八羔子，甚麼東西！」左手揮處，四柄飛刀向二人背心擲去。她明知這一下萬難傷到二人，只心中憤懣難宣，放幾口飛刀發洩一下也是好的。

眼見四柄飛刀轉瞬間便到了二人背後，二人似乎絲毫不覺。石破天忍不住叫道：「兩位哥哥小心了！」猛聽得呼的一聲，二人向前飛躍而出，迅捷難言，衆人眼前只一花，四柄飛刀啪的一聲，同時釘在門外的木屏風上，張三李四卻已不知去向。飛刀是手中擲出的暗器，但二人使輕功縱躍，居然比之暗器尙要快速。羣豪相顧失色，如見鬼魅。高三娘子兀自罵道：「王八羔……」但忍不住心驚，只罵得三個字，下面就沒聲音了。

石中玉攜著丁璫的手，正慢慢溜到門口，想乘衆人不覺，就此溜出門去，不料高三娘子這四口飛刀，卻將各人的目光都引到了門邊。白萬劍厲聲喝道：「站住了！」轉頭向石清道：「石莊主，你交代一句話下來罷！」

石清嘆道：「姓石的生了這樣……這樣的兒子，更有甚麼話說？白師兄，我夫婦攜帶犬子，同你一齊去凌霄城向白老伯領罪便是。」

一聽此言，白萬劍和雪山羣弟子無不大感意外，先前爲了個假兒子，他夫婦奮力相救，此刻眞兒子現身，他反而輕易答允同去凌霄城領罪，莫非其中有詐？

閔柔向丈夫望了一眼，這時石清也正向妻子瞧來。二人目光相接，見到對方神色淒然，都不忍再看，各將眼光轉了開去，均想：「原來咱們的兒子終究是如此不成材的東西，旣答允了做長樂幫的幫主，大難臨頭之際，卻又縮頭避禍，這樣的人品，唉！」

他夫婦二人這幾日來和石破天相處，雖覺他大病之後，記憶未復，說話舉動甚是幼稚可笑，但覺他天性淳厚，天眞爛漫之中往往流露出一股英俠之氣、仁厚之情，心下甚爲歡喜。閔柔更加心花怒放，石破天愈不通世務，她愈覺這孩子就像是從前那依依膝下的七八歲孩童，勾引起當年許多甜蜜往事。不料眞的石中玉突然出現，容貌雖然相似，行爲卻全然大異，一個狡獪儒怯，一個銳身任難，偏偏那個儒夫才眞是自己的兒子。

閔柔對石中玉好生失望，但畢竟是自己親生的孩子，向他招招手，柔聲道：「孩子，你過來！」石中玉走到她身前，笑道：「媽，這些年來，孩兒眞想念你得緊。媽，你越來越年輕俊俏啦，任誰見了，都會說是我姊姊，決不信你是我親娘。」閔柔微微一笑，心頭氣苦：「這孩子就只學得了一副油腔滑調。」笑容之中，不免充滿了苦澀之意。

石中玉又道：「媽，孩兒早幾年曾覓得一對碧玉鐲兒，一直帶在身邊，只盼那一日見到你，親手給你帶在手上。」說著從懷中掏出個黃緞包兒，打了開來，取出一對玉鐲，一朵鑲寶石的珠花，拉過母親手來，將玉鐲給她帶在腕上。

閔柔原本喜愛首飾打扮，見這副玉鐲子溫潤晶瑩，甚是好看，想到兒子的孝心，不由得惱意漸減。她可不知這兒子到處拈花惹草，一向身邊總帶著珍貴的珍寶首飾，一見到美貌女子，便取出贈送，以博歡心。

石中玉轉過身來，將珠花插在丁璫頭髮上，低聲笑道：「這朵花該當再美十倍，才配得我那叮叮噹噹的花容月貌，眼下沒法子，將就著戴戴罷。」丁璫大喜，低聲道：

「天哥，你總這般會說話。」伸手輕輕撫弄鬢上的珠花，斜視石中玉，臉上喜氣盎然。

貝海石咳嗽了幾聲，說道：「難得楊老英雄、石莊主夫婦、雪山派各位英雄、關東四大門派衆位大駕光臨。種種誤會，亦已解釋明白。讓敝幫重整杯盤，共謀一醉。」

但石清夫婦、白萬劍、范一飛等各懷心事，均想：「你長樂幫的大難有人出頭擋過了，我們卻那有心情來喝你的酒？」白萬劍首先說道：「俠客島的兩個使者說道要上凌霄城去，在下非得立時趕回不可。貝先生的好意，只有心領了。」石清道：「我們三人須和白師兄同去。」范一飛等也即告辭，說道臘八粥之約爲期不遠，須得趕回關東；言語中含糊其辭，但人人心下明白，他們是要趕回去分別料理後事。

當下羣豪告辭出來。石破天神色木然，隨著貝海石送客，心中淒涼：「我早知他們弄錯了，偏偏叮叮噹噹說我是她的天哥，石莊主夫婦又說我是他們的兒子。」突然之間，只覺世上孤另另的只賸下了自己一人，誰也跟自己無關。「我眞的媽媽不要我了，師父史婆婆和阿綉不要我了，連阿黃也不要我了！」

范一飛等又再三向他道謝解圍之德。白萬劍道：「石幫主，數次得罪，萬分不該，尙請見諒。石幫主英雄豪邁，以德報怨，紫煙島上又多承相救，敝派全都心感。此番回去，倘若僥倖留得性命，日後若蒙不棄，很盼跟石幫主交個朋友。」執著他手，感德之意甚爲誠摯。石破天唯唯以應，只想放聲大哭。

石清夫婦和石破天告別之時，見他容色淒苦，心頭也大感辛酸。閔柔本想說收他做自己義子，但想他是江南大幫的幫主，身分可說已高於自己夫婦，又是張三、李四的義弟，武功如此了得，認他爲子的言語自不便出口，只得柔聲道：「石幫主，先前數日，我夫婦認錯了你，對你甚爲不敬，只盼……只盼咱們此後尚有再見之日。」

石破天道：「是，是！爹，媽，你們……你們不要我了嗎？」閔柔雙目含淚，伸手握了他手捏了捏，稍表親厚之意。石破天目送衆人離去，直到各人走得人影不見，他兀自怔怔的站在大門外出神。

隔了半晌，石破天回過身來，只見長樂幫衆人黑壓壓的跪了一地，帶頭的正是貝海石。衆人齊道：「多謝幫主大仁大義，屬下感激不盡！」

眼前一座山峯衡天而起，峯頂建著數百間房屋，屋外圍以一道白色高牆。石清讚道：「雄踞絕頂，俯視羣山，『凌霄』兩字，果然名副其實。」

十六　凌霄城

這日晚間，石破天一早就上了床，但思如潮湧，翻來覆去的直到中宵，才迷迷糊糊的入睡。

睡夢之中，忽聽得窗格上得得得的輕敲三下，他翻身坐起，記得丁璫以前兩次半夜裏來尋自己，都這般擊窗爲號，不禁衝口而出：「是叮叮……」只說得三個字，立即住口，嘆了口氣，心想：「我這可不是發痴？叮叮噹噹早隨她那天哥去了，又怎會再來看我？」

卻見窗子緩緩推開，一個苗條的身影輕輕躍入，格的一笑，卻不是丁璫是誰？她走到床前，低聲笑道：「怎麼將我截去了一半？叮叮噹噹變成了叮叮？」

石破天又驚又喜，「啊」的一聲，從床上跳了下來，道：「你……你怎麼又來了？」

丁璫抿嘴笑道：「我記掛著你，來瞧你啊。怎麼啦，來不得麼？」石破天搖頭說：「你找到了你眞天哥，又來瞧我這假的作甚？」

丁璫笑道：「啊唷，生氣了，是不是？天哥，日裏我打了你一記，你惱不惱？」說著伸手輕撫他面頰。

石破天鼻中聞到甜甜的香氣，臉上受著她滑膩手掌溫柔的撫摸，不由得心煩意亂，囁嚅道：「我不惱。叮叮噹噹，你不用再來看我。你認錯人了，大家都沒法子，只要你不當我是騙子，那就好了。」

丁璫柔聲道：「小騙子，小騙子！唉，你倘若眞是個騙子，說不定我反而歡喜。天哥，你是天下少有的正人君子，你跟我拜堂成親，始終……始終沒把我當成是你的老婆。」

石破天全身發燒，不由得羞慚無地，道：「我……我不是正人君子！我不是不想，只是我不……不敢！幸虧……幸虧咱們沒甚麼，否則……否則可就不知如何是好！」

丁璫退開一步，坐在床沿之上，雙手按著臉，突然嗚嗚咽咽的啜泣起來。石破天慌了手腳，忙問：「怎……怎麼啦？」丁璫哭道：「我……我知道你是正人君子，可是人家……人家卻不這麼想啊。我當眞是跳進黃河裏也洗不清了。那個石中玉，他……他說我跟你拜過了天地，同過了房，他不肯要我了。」石破天頓足道：「這……這便如何是好？叮叮噹噹，你不用著急，我跟他說去。我去對他說，我跟你清清白白，那個相敬如……如甚麼的。」

丁璫忍不住噗哧一聲，破涕爲笑，說道：「『相敬如賓』是不能說的，人家夫妻那才是相敬如賓。」石破天道：「啊，對不起，我又說錯了。我聽高三娘子說過，卻不明白這四個字的眞正意思。」

丁璫忽又哭了起來，輕輕頓足，說道：「他恨死你了，你跟他說，他也不會信你的。」石破天內心隱隱感到歡喜，心道：「他不要你，我可要你。」但知這句話不對，就是想想也不該，何況自己心裏眞正想要的老婆，是阿綉而不是她，便道：「那怎麼辦？那怎麼辦？唉，都是我不好，這可累了你啦！」

丁璫哭道：「他跟你無親無故，你又無恩於他，反而和他心上人拜堂成親，洞房花燭，他不恨你恨誰？倘若他……他不是他，而是范一飛、呂正平他們，你是救過他性命的大恩公，當然不論你說甚麼，他就信甚麼了。」

石破天點頭道：「是，是，叮叮噹噹，我好生過意不去。咱們總得想個法子才是。啊，有了，你請爺爺去跟他說個明白，好不好？」丁璫頓足哭道：「沒用的，沒用的。他……他石中玉過不了幾天就沒命啦，咱們一時三刻，又到那裏找爺爺去？」石破天大驚，問道：「爲甚麼他過不了幾天就沒了性命？」

丁璫道：「雪山派那白萬劍先前誤認你是石中玉，將你捉拿了去，幸虧爺爺和我將你救得性命，否則的話，他將你押到凌霄城中，早將你零零碎碎的割來殺了，你記不記得？」石破天道：「當然記得。啊喲，不好，這一次石莊主和白師傅又將他送上凌霄城去。」丁璫哭道：「雪山派對他恨之切骨。他一入凌霄城，那裏還有性命？」石破天道：「不錯，雪山派的人一次又一次的來捉我，事情確然非同小可。不過他們衝著石莊主夫婦的面子，說不定只將你的天哥責罵幾句，也就算了。」

丁璫咬牙道：「你倒說得容易？他們要責罵，不會在這裏開口嗎？何必萬里迢迢的押他回去？他們雪山派爲了拿他，已死了多少人，你知不知道？」

石破天登時背上出了一陣冷汗，雪山派此次東來江南，確然死傷不少，別說石中玉在凌霄城中所犯的事必定十分重大，單是江南這筆帳，就決非幾句責罵便能了事。

丁璫又道：「天哥他確有過犯，自己送了命也就罷啦，最可惜石莊主夫婦這等俠義仁厚之人，卻也要陪上兩條性命。」

石破天跳將起來，顫聲道：「你……你說甚麼？石莊主夫婦也要陪上性命？」石清、閔柔二人這數日來待他親情深厚，雖說是認錯了人，但在他心中，仍是世上待他最好之人，一聽到二人有生死危難，自是關切無比。

丁璫道：「石莊主夫婦是天哥的父母，他們送天哥上凌霄城去，難道是叫他去送死？自然是要向白老爺子求情了。然而白老爺子一定不會答允的，非殺了天哥不可。石莊主夫婦愛護兒子之心何等深切，到得緊要關頭，勢須動武。你倒想想看，凌霄城高手如雲，又佔了地利之便，石莊主夫婦再加上天哥，只不過三個人，又怎能是他們的對手？唉，我瞧石夫人待你眞好，你自己的媽媽恐怕也沒她這般愛惜你。她……她……竟要去死在凌霄城中，我想想就難過。」說著雙手掩面，又嚶嚶啜泣起來。

石破天全身熱血如沸，說道：「石莊主夫婦有難，不論凌霄城有多大凶險，我都非趕去救援不可。就算救他們不得，我也寧可將性命賠在那裏，決不獨生。叮叮噹噹，我去了！」說著大踏步便走向房門。

丁璫拉住他衣袖，問道：「你去那裏？」

石破天道：「我連夜趕上他們，和石莊主夫婦同上凌霄城去。」丁璫道：「威德先生白老爺子武功厲害得緊，再加上他兒子白萬劍，還有甚麼風火神龍封萬里啦等等高手，就說你武功上勝得過他們，但凌霄城中步步都是機關，銅網毒箭，不計其數。你一個不小心踏入了陷阱，便有天大本事，餓也餓死了你。」石破天道：「那也顧不得啦。」

丁璫道：「你逞一時血氣之勇，也死在凌霄城中，能救得了石莊主夫婦麼？你如死了，我可不知有多傷心，我……我也不能活了。」

石破天突然聽到她如此情致纏綿的言語，一顆心不由得急速跳動，顫聲道：「你……你為甚麼對我這樣好？我又不是你的……你的眞天哥。」

丁璫嘆道：「你們兩個長得一模一樣，在我心裏，實在也沒甚麼分別，何況我和你相聚多日，你又一直待我這麼好。『日久生情』這四個字，你總聽見過罷？」她抓住了石破天雙手，說道：「天哥，你答允我，你無論如何，不能去死。」石破天道：「可是石莊主夫婦不能不救。」丁璫道：「我倒有個計較在此，就怕你疑心我不懷好意，卻不便說。」石破天急道：「快說，快說！你又怎會對我不懷好意？」

丁璫遲疑道：「天哥，這事太委屈了你，又太便宜了他。任誰知道了，都會說我安排了個圈套要你去鑽。不行，這件事不能這麼辦。雖說萬無一失，畢竟太不公道。」石破天道：「到底是甚麼法子？只須救得石莊主夫婦，委屈了我，又有何妨？」丁璫道：「天哥，你既定要我說，我便聽你的話，這就說了。不過你倘若眞要照這法子去幹，我可又不願。我問你，他們雪山派到底爲甚麼這般痛恨石中玉，非殺了他不可？」

石破天道：「似乎石中玉本是雪山派弟子，犯了重大門規，在凌霄城中害死了白師傅的小姐，又累得他師父封萬里給白老爺爺斬了一條臂膀，說不定他還做了些別的壞事。」丁璫道：「不錯，正因爲石中玉害死了人，他們才要殺他抵命。天哥，你有沒害死過白師傅的小姐？」石破天一怔，道：「我？我當然沒有。白師傅的小姐我從來就沒見過。」

丁璫道：「這就是了。我想的法子，說來也沒甚麼大不了，就是讓你去扮石中玉，陪著石莊主夫婦到凌霄城去。等得他們要殺你之時，你再吐露眞相，說道你是狗雜種，不是石中玉。他們仔細一查，終究便查明白了，何況白萬劍師傅他們幾十個弟子親眼見到，的的確確有兩個相貌相同的石中玉。他們要殺的是石中玉，並不是你，最多罵你一頓，說你不該扮了他來騙人，終究會將你放了。他們不殺你，石莊主夫婦也不會出手，當然也就不會送了性命。」

石破天沉吟道：「這法子倒眞好。只凌霄城遠在西域，幾千里路和白師傅他們一路同行，只怕……只怕我說不了三句話，就露了破綻出來。叮叮噹噹，你知道，我笨嘴笨舌，那裏及得上你這個……你這個眞天哥的聰明伶俐。」說著不禁黯然。

丁璫道：「這個我倒想過了。你只須在喉頭塗上些藥物，讓咽喉處腫了起來，裝作生了個大瘡，從此不再說話，腫消之後仍不說話，假裝變了啞巴，就甚麼破綻也沒有了。」說著忽然嘆了口氣，幽幽的道：「天哥，法子雖妙，但總是教你吃虧，我實在過意不去。你知道的，在我心中，寧可我自己死了，也不能讓你受到半點委屈。」

石破天聽她語意之中對自己這等情深愛重，這時候別說要他假裝啞巴，就是要自己爲她而死，那也是勇往直前，絕無異言，當即大聲道：「很好，這主意眞妙！只是我怎麼去換了石中玉出來？」

丁璫道：「他們一行人都在龍潭鎮上住宿，咱們這就趕去。我知道石中玉睡的房間，咱們悄悄進去，讓他跟你換了衣衫。明日早晨你就大聲呻吟，說喉頭生了惡瘡，從此之後，不到白老爺子真要殺你，你總不開口說話。」石破天喜道：「叮叮噹噹，這般好法子，虧你怎麼想得出來？」

丁璫道：「一路上你跟誰也不可說話，和石莊主夫婦也不可太親近了。白師傅他們十分精明厲害，你只要露出半點馬腳，他們一起疑心，可就救不了石莊主夫婦了。唉，石莊主夫婦英雄俠義，倘若就此將性命斷送在凌霄城裏……」說著搖搖頭，嘆了口長氣。石破天點頭道：「這個我自理會得，便要殺我頭也不開口。咱們這就走罷。」

突然間房門呀的一聲推開，一個女子聲音叫道：「少爺，你千萬別上她當！」朦朧夜色之中，只見一個少女站在門口，正是侍劍。

石破天道：「侍劍姊姊，甚……甚麼別上她當？」侍劍道：「我在房門外都聽見啦。這丁姑娘不安好心，她……她只是想救她那個天哥，騙了你去作替死鬼。」石破天道：「不是的！丁姑娘是幫我想法子去救石莊主、石夫人。」侍劍急道：「你再好好想一想，少爺，她決不會對你安甚麼好心。」

丁璫冷笑道：「好啊，你本來是眞幫主的人，這當兒吃裏扒外，卻來挑撥是非。」轉頭向石破天道：「天哥，別理這小賤人，你快去問陳香主他們要一把悶香，可千萬別說起咱們計較之事。要到悶香後，別再回來，在大門外等我。」石破天問道：「要悶香作甚麼？」丁璫道：「待會你自然知道，快去，快去！」石破天道：「是！」

丁璫微微冷笑，道：「小丫頭，你良心倒好！」

侍劍驚呼一聲，轉身便逃。丁璫那容她逃走？搶將上去，雙掌齊發，向她後心擊去。石破天搶上伸臂一格，將她雙手掠開。丁璫「啊喲」一聲大叫，左手急出，點中了侍劍後心穴道。侍劍昏倒在地。丁璫嗔道：「你又搭上這小丫頭了，幹麼救她？」說著推開窗子，跳了出去。石破天見侍劍並未受傷，料想穴道受點，過得一會便自解開，自己又不會解穴，只得道：「侍劍姊姊，你等著我回來。」跟著從窗中跳出，追趕丁璫而去。

石破天先去向陳沖之要了悶香，告知他有事出外，越牆出來。丁璫等在大門外，石破天道：「悶香拿到了。」丁璫道：「很好！」兩人快步而行，來到河邊，乘上小船。

丁璫執槳划了數里，棄船上岸，見柳樹下繫著兩匹馬。丁璫道：「上馬罷！」石破天道：「你眞想得周到，連坐騎都早備下了。」丁璫臉上一紅，嗔道：「甚麼周到不周到？這是爺爺的馬，我又不知道你急著想去搭救石莊主夫婦。那丫頭偷聽到了我的話，別去告密！」石破天忙道：「不會的。」他不願跟丁璫多說侍劍的事，便即上馬。兩人馳到四更天時，到了龍潭鎮外，下馬入鎮。

丁璫引著他來到鎮上四海客棧門外，低聲道：「石莊主夫婦和兒子睡在東廂第二間大房裏。」石破天道：「他們三個睡在一房嗎？可別讓石莊主、石夫人驚覺了。」

丁璫道：「哼，做父母的怕兒子逃走，對雪山派沒法子交代啊，睡在一房，以便日夜監視。他們只管顧著自己俠義英雄的面子，卻不理會親生兒子是死是活。這樣的父母，天下倒是少有。」言語中大有憤憤不平之意。

石破天聽她突然發起牢騷來，倒不知如何接口才是，低聲問道：「那怎麼辦？」

丁璫道：「你把悶香點著了，塞在他們窗中，待悶香點完，石莊主夫婦都已昏迷，就推窗進內，悄悄將石中玉抱出來便是。你輕功好，翻牆進去，白師傅他們不會知覺的，我可不成，就在那邊屋簷下等你。」石破天點頭道：「那倒不難。陳香主他們將雪山派弟子迷倒擒獲，使的便是這種悶香嗎？」丁璫點了點頭，笑道：「這是貴幫的下三濫法寶，想必十分靈驗，否則雪山羣弟子也非泛泛之輩，怎能如此輕易的手到擒來？」又道：「不過你千萬得小心了，不可發出半點聲息。石莊主夫婦卻又非雪山派弟子可比。」

石破天答應了，打火點燃了悶香，雖在空曠之處，只聞到點煙氣，便已覺頭昏腦脹。他微微一驚，問道：「這會熏死人嗎？」丁璫道：「他們用這悶香去捉拿雪山弟子，不知有沒熏死了人。」

石破天道：「那倒沒有。好，你在這裏等我。」走到牆邊，輕輕一躍，逾垣而入，了無聲息，找到東廂第二間房的窗子，側耳聽得房中三人呼吸勻淨，好夢正酣，便伸舌頭舐濕紙窗，輕輕挖個小孔，將點燃了的香頭塞入孔中。

悶香燃得好快，過不多時便已燃盡。他傾聽四下裏並無人聲，當下潛運內力輕推，窗扣便斷，隨即推開窗子，左手撐在窗檻上，輕輕翻進房中，藉著院子中射進來的星月微光，見房中並列兩炕，石清夫婦睡於北炕，石中玉睡於南炕，三人都睡著不動。

他踏上兩步，忽覺一陣暈眩，知是吸進了悶香，忙屏住呼吸，將石中玉抱起，輕輕躍到窗外，翻牆而出。丁璫守在牆外，低聲讚道：「乾淨利落，天哥，你眞能幹。」又道：「咱們走得遠些，別驚動了白師傅他們。」

石破天抱著石中玉，跟著她走出數十丈外。丁璫道：「你把自己裏裏外外的衣衫都脫了下來，和他對換了。袋裏的東西也都換過。」石破天探手入懷，摸到大悲老人所贈的一盒木偶，又有兩塊銅牌，掏了出來，問道：「這……這個也交給他麼？」丁璫道：「都交給他！你留在身上，萬一給人見到，豈不露出了馬腳？我在那邊給你望風。」

石破天見丁璫走遠，便渾身上下脫個精光，換上石中玉的內衣內褲，再將自己的衣服給石中玉穿上，說道：「行啦，換好了！」

丁璫回過身來，說道：「石莊主、石夫人的兩條性命，此後全在乎你裝得像不像了。」石破天道：「是，我一定小心。」

丁璫從腰間解下水囊，將一皮囊淸水都淋在石中玉頭上，向他臉上凝視一會，這才轉過頭來，從懷中取出一隻小小鐵盒，揭開盒蓋，伸手指挖了半盒油膏，對石破天道：「仰起頭來！」將油膏塗在他喉頭，說道：「天亮之前，便抹去了藥膏，免得給人瞧破。明天會有些痛，這可委屈你啦。」石破天道：「不打緊！」只見石中玉身子略略一動，似將醒轉，忙道：「叮叮噹噹，我……我去啦。」丁璫道：「快去，快去！」

石破天舉步向客棧走去，走出數丈，一回頭，見石中玉已坐起身來，似在和丁璫低聲說話，忽聽得丁璫格格的一笑，聲音雖輕，卻充滿了歡暢之意，又見兩人摟抱在一起。石破天突然之間心中一陣酸痛難過，隱隱覺得：從今而後，再也不能和丁璫在一起了。

他略一踟躕，隨即躍入客棧，推窗進房。房中悶香氣息尚濃，他凝住呼吸開了窗子，讓冷風吹入，只聽遠處馬蹄聲響起，知是丁璫和石中玉並騎而去，心想：「他們到那裏去了？叮叮噹噹這可眞的開心了罷？我這般笨嘴笨舌，跟她在一起，原常常惹她生氣。」

在窗前悄立良久，喉頭漸漸痛了起來，當即鑽入被窩。

丁璫所敷的藥膏果然靈驗，過不到小半個時辰，石破天喉頭已十分疼痛，伸手摸去，觸手猶似火燒，腫得便如生了個大瘤。他挨到天色微明，將喉頭藥膏都擦在被上，然後將被子倒轉來蓋在身上，以防給人發覺藥膏，然後呻吟了起來，那是丁璫教他的計策，好令石清夫婦關注他的喉痛，縱然覺察到頭暈，懷疑或曾中過悶香，也不會去分心查究。

他呻吟了片刻，石清便已聽到，問道：「怎麼啦？」語意之中，頗有惱意。閔柔翻身坐起，道：「玉兒，身子不舒服麼？」不等石破天回答，便即披衣過來探看，一眼見到他雙頰如火，頸中更腫起了一大塊，不由得慌了手腳，叫道：「師哥，師哥，你……你來看！」

石清聽得妻子叫聲之中充滿了驚惶，當即躍起，縱到兒子炕前，見到他頸中紅腫得厲害，心下也有些發慌，說道：「這多半是初起的癰疽，及早醫治，當無大害。」問石破天道：「痛得怎樣？」

石破天呻吟了幾聲，不敢開口說話，心想：「我爲了救你們，才假裝生這大瘡。你們這等關心，可見石中玉雖做了許多壞事，你們還是十分愛他。可就沒一人愛我。」心中一酸，不由得目中含淚。

石清、閔柔見他幾乎要哭了出來，只道他痛得厲害，更加慌亂。石清道：「我去找個醫生來瞧瞧。」閔柔道：「這小鎮上怕沒好醫生，咱們回鎮江去請貝大夫瞧瞧，好不好？」石清搖頭道：「不！沒的既讓白萬劍他們起疑，又讓貝海石更多一番輕賤。」他知貝海石對他兒子十分不滿，說不定會乘機用藥，加害於他，當即快步走出。

閔柔斟了碗熱湯來給石破天喝。這毒藥藥性甚爲厲害，丁瑺又給他搽得極多，咽喉內外齊腫，連湯水都不易下咽。閔柔更加驚慌。

不久石清陪了個六十多歲的大夫進來。那大夫看看石破天的喉頭，又搭了他雙手腕脈，連連搖頭，說道：「醫書云：癰發有六不可治，咽喉之處，藥食難進，此不可治之一也。這位世兄脈洪弦數，乃陽盛而陰滯之象。氣，陽也，血，陰也，血行脈內，氣行脈外，氣得邪而鬱，津液稠粘，積久滲入脈中，血爲之濁……」他還在滔滔不絕的說下去，石清插口道：「先生，小兒之癰，尚屬初起，以藥散之，諒無不可。」那大夫搖頭擺腦的道：「總算這位世兄命大，這大癰在龍潭鎮上發作出來，遇上了我，性命是無礙的，只不過想要在數日之內消腫復原，卻也不易。」

石清、閔柔聽得性命無礙，都放了心，忙請大夫開方。那大夫沉吟良久，開了張藥方，用的是芍藥、大黃、當歸、桔梗、防風、薄荷、芒硝、金銀花、黃耆、赤茯苓幾味藥物。石清粗通藥性，見這些藥物都是消腫、化膿、淸毒之物，倒是對症，便道：「高明，高明！」送了二兩銀子診金，將大夫送了出去，親去藥鋪贖藥。

待得將藥贖來，雪山派諸人都已得知。白萬劍生怕石清夫婦鬧甚麼玄虛，想法子搭救兒子，假意到房中探病，實則是察看眞相，待見石破天咽喉處的確腫得厲害，閔柔驚惶之態絕非虛假，白萬劍心下暗暗得意：「你這奸猾小子好事多為，到得凌霄城後一刀將你殺了，倒便宜了你，原是要你多受些折磨。這叫做冥冥之中，自有報應。」但當著石清夫婦的面，也不便現出幸災樂禍的神色，反向閔柔安慰了幾句，退出房去。

石清瞧著妻子煎好了藥，服侍兒子一口一口的喝了，說道：「我已在外面套好了大車。中玉，男子漢大丈夫，可得硬朗些，一點兒小病，別躭誤了人家大事。咱們走罷。」

閔柔躊躇道：「孩子病得這麼厲害，要他硬挺著上路，只怕……只怕病勢轉劇。」石清道：「善惡二使正赴凌霄城送邀客銅牌，白師兄非及時趕到不可。要是威德先生跟他們動手之時咱們不能出手相助，那更加對不起人家了。」閔柔點頭道：「是！」幫著石破天穿好了衣衫，扶他走出客棧。

她明白丈夫的打算，以石清的為人，決不肯帶同兒子偷偷溜走。俠客島善惡二使上凌霄城送牌，白自在性情暴躁無比，一向自尊自大，決不會輕易便接下銅牌，勢必和張三、李四惡鬥一場。石清是要及時趕到，全力相助雪山派，若不幸戰死，那是武林的常事，石家三人全都送命在凌霄城中，兒子的污名也就洗刷乾淨了。但若竟爾取勝，合雪山派和玄素莊之力打敗了張三、李四，兒子將功贖罪，白自在總不能再下手殺他。

閔柔在長樂幫總舵中親眼見到張三、李四二人的武功，動起手來自是勝少敗多，然而血肉之軀，武功再高，總也難免有疏忽失手之時，一線機會總是有的，與其每日裏提心吊膽，鬱鬱不樂，不如去死戰一場，圖個僥倖。他夫婦二人心意相通，石清一說要將兒子送上凌霄城去，閔柔便已揣摸到了他用意。她雖愛憐兒子，終究是武林中成名的俠女，思前想後，畢竟還是丈夫的主意最高，是以一直沒加反對。

白萬劍見石清夫婦不顧兒子身染惡疾，竟逼著他趕路，心下也不禁欽佩。

龍潭鎮那大夫毫不高明，將石破天頸中紅腫當作了癰疽，這麼一來，更令石清夫婦絲毫不起疑心。白萬劍等人自然更加瞧不出來。石破天與石中玉相貌本像，穿上了石中玉一身華麗的衣飾，宛然便是個翩翩公子。他躺在大車之中，一言不發。他不善作僞，沿途露出的破綻著實不少，只石清夫婦與兒子分別已久，他的舉止習慣原本如何，二人毫不知情，石破天破綻雖多，但不開口說話，他二人縱然精明，卻也分辨不出。石破天本來比石中玉年紀略小，但兩人只須不相並列，其間些微差別便不易看得出來。

一行人加緊趕路，唯恐給張三、李四走在頭裏，凌霄城中衆人遇到凶險，是以路上毫不耽擱。到得湖南境內，石破天喉腫已消，棄車騎馬，卻仍啞啞的說不出話來。石清陪了他去瞧了幾次醫生，癰疽本是最大難症，眞癰疽尚且難診，何況是假的？自診不出半點端倪，不免平添了幾分煩惱，教閔柔多滴無數眼淚。

不一日，已到得西域境內。雪山弟子熟悉路徑，儘抄小路行走，料想張三、李四腳程雖快，不知這些小路，勢必難以趕在前頭。但石清夫婦想著見到威德先生之時，倘若他大發雷霆，立時要將石中玉殺了，而張三、李四決無如此湊巧的恰好趕到，那可就十分難處，當眞是早到也不好，遲到也不好。夫妻二人暗中商量了幾次，苦無善法，惟有一則聽天由命，二則相機行事了。

又行數日，路上又是沙漠，又有戈壁，難行之極。衆人向一條山嶺上行去，走了兩日，地勢越來越高，道路崎嶇。這日午間，衆人到了一排大木屋中。白萬劍詢問屋中看守之人，得知近日並無生面人到凌霄城來，登時大爲寬心，當晚衆人在木屋中宿了一宵。次日一早，將馬匹留在大木屋中，步行上山。此去向西，山勢陡峭，已沒法乘馬。幾名雪山弟子在前領路，一路攀山越嶺而上。只行得一個多時辰，已滿地皆雪。一羣人展開輕功，在雪徑中攀援而上。

石破天跟在父母身後，既不超前，亦不落後。石清和閔柔見他腳程甚健，氣息悠長，均想：「這孩子內力修爲，大是不弱，倒不在我夫婦之下。」想到不久便要見到白自在，卻又躭起心來。

行到傍晚，見前面一座山峯衝天而起，峯頂建著數百間房屋，屋外圍以一道白色高牆。白萬劍道：「石莊主，這就是敝處凌霄城了。僻處窮鄉，一切俱甚粗簡。」石清讚道：「雄踞絕頂，俯視羣山，『凌霄』兩字，果然名副其實。」眼見山腰裏雲霧靄靄上升，漸漸將凌霄城籠罩在白茫茫的一片雲氣之中。

眾人行到山腳下時，天已全黑，即在山腳稍高處的兩座大石屋中住宿。這兩座石屋也是雪山派所建，專供上峯之人先行留宿一宵，以便養足精神，次晨上峯。

第二日天剛微明，眾人便即起程上峯，這山峯遠看已甚陡峭，待得親身攀援而上，更覺險峻。眾人雖身具武功，沿途卻也休息了兩次，才在半山亭中打尖。申牌時分，到了凌霄城外，只見城牆高逾三丈，牆頭牆垣雪白一片，盡是冰雪。

石清道：「白師兄，城牆上凝結冰雪，堅如精鐵，外人實難攻入。」

白萬劍笑道：「敝派在這裏建城開派，已有一百七十餘年，倒不曾有外敵來攻過。只隆冬之際常有餓狼侵襲，卻也走不進城去。」說到這裏，見護城冰溝上的吊橋仍高高曳起，並不放下，不由得心中有氣，大聲喝道：「今日是誰輪值？不見我們回來嗎？」

城頭上探出一個頭來，說道：「白師伯和眾位師伯、師叔回來了。我這就稟報去。」白萬劍喝道：「玄素莊石莊主夫婦大駕光臨，快放下吊橋。」那人道：「是，是！」縮了頭進去，但隔了良久，仍不見放下吊橋。

石清見城外那道冰溝有三丈來闊，不易躍過。尋常城牆外都有護城河，此處氣候嚴寒，護城河中河水都結成了冰，但這溝挖得極深，溝邊滑溜溜地結成一片冰壁，不論人獸，掉將下去都極難上來。

耿萬鍾、柯萬鈞等連聲呼喝，命守城弟子趕快開門。白萬劍見情形頗不尋常，躭心城中出了變故，低聲道：「衆師弟小心，說不定俠客島那二人已先到了。」衆人一聽，都吃了一驚，不由自主的伸手去按劍柄。

便在此時，只聽得軋軋聲響，吊橋緩緩放下，城中奔出一人，身穿白色長袍，一隻右袖縛在腰帶之中，衣袖內空蕩蕩地，顯是缺了一條手臂。這人大聲叫道：「原來是石大哥、石大嫂到了，稀客，稀客！」

石清見是風火神龍封萬里親自出迎，想到他斷了一臂，全是受了兒子牽連，心下十分抱憾，搶步上前，說道：「封賢弟，愚夫婦帶同逆子，向白師伯和你領罪來啦。」說著上前拜倒，雙膝跪地。他自成名以來，除了見到尊長，從未向同輩朋友行過如此大禮，實因封萬里受害太甚，情不自禁的拜了下去。要知封萬里劍術之精，實不在白萬劍之下，此刻他斷了右臂，二十多年的勤學苦練盡付流水，「劍術」二字是再也休提了。

閔柔見丈夫跪倒，兒子卻怔怔的站在一旁，忙在他衣襟上一拉，自己在丈夫身旁跪倒。石破天心道：「他是石中玉的師父。見了師父，自當磕頭。」他生怕扮得不像，給封萬里看破，跪倒後立即磕頭，咚咚有聲。

雪山羣弟子一路上對他誰也不加理睬，此刻見他大磕響頭，均想：「你這小子知道命在頃刻，便來磕頭求饒，可沒這般容易便饒了你！」

封萬里卻道：「石大哥、石大嫂，這可折殺小弟了！」忙也跪倒還禮。

石清夫婦與封萬里站起後，石破天兀自跪在地下。封萬里正眼也不瞧他一下，向石清道：「大哥、大嫂，當年恆山聚會，屈指已一十二年，二位丰采如昔。小弟雖僻處邊陲，卻也得知賢伉儷在武林中行俠仗義，威名越來越大，實乃可喜可賀。」

石清道：「愚兄教子無方，些許虛名，又何足道？今日見賢弟如此，當眞羞愧難當，無地自容。」封萬里哈哈大笑，道：「我輩是道義之交，承蒙兩位不棄，說得上『肝膽相照』四字。咱們這生死交情，歷久常新。是你們得罪了我也好，是我得罪了你們也好，難道咱們還能掛在心上嗎？兩位遠來辛苦，快進城休息去。」石破天雖跪在他面前，他眼前只如便沒這個人一般。

當下石清和封萬里並肩進城。閔柔拉起兒子，眉頭雙蹙，見封萬里這般神情，嘴裏說得漂亮，語氣中顯然恨意極深，並沒原宥了兒子的過犯。

白萬劍向侍立在城門邊的一名弟子招招手，低聲問道：「老爺子可好？我出去之後，城裏出了甚麼事？」那弟子道：「老爺子……就是……就是近來脾氣大些。師伯去後，城裏也沒出甚麼事。只是……只是……」白萬劍臉一沉，問道：「只是甚麼？」

那弟子嚇得打了個突，道：「五天之前，老爺子脾氣大發，將陸師伯和蘇師叔殺了。」白萬劍吃了一驚，忙問：「爲甚麼？」那弟子道：「弟子也不知情。前天老爺子又將燕師叔殺了，還斬去了杜師伯的一條大腿。」白萬劍只嚇得一顆心怦怦亂跳，尋思：「陸、蘇、燕、杜四位師兄弟都是本派好手，父親平時對他們都甚爲看重，爲甚麼陡下毒手？」忙將那弟子拉在一邊，待閔柔、石破天走遠，才問：「到底爲了甚麼事？」

那弟子道：「弟子確不知情。凌霄城中自從死了這三位師伯、師叔後，大家人心惶惶。前天晚上，張師叔、馬師叔不別而行，留下書信，說是下山來尋白師伯。天幸白師伯今日歸來，正好勸勸老爺子。」

白萬劍又問了幾句，不得要領，當即快步走進大廳，見封萬里已陪著石清夫婦在用茶，便道：「兩位請寬坐。小弟少陪，進內拜見家嚴，請他老人家出來見客。」封萬里皺眉道：「師父忽然自前天起身染惡疾，只怕還須休息幾天，才能見客。否則他老人家對石大哥向來十分看重，早就出來會見了。」

白萬劍心亂如麻，道：「我這就瞧瞧去。」他急步走進內堂，來到父親的臥室門外，咳嗽一聲，說道：「爹爹，孩兒回來啦。」

門帘掀起，走出一個三十來歲的美婦人，正是白自在的妾侍窈娘，她臉色憔悴，說道：「謝天謝地，大少爺這可回來啦，咱們正沒腳蟹似的，不知道怎麼才好。老爺子打大前天上忽然神智胡塗了，我……我求神拜佛的毫不效驗，大少爺，你……你……」說到這裏，便抽抽噎噎的哭了起來。白萬劍道：「甚麼事惹得爹爹生這麼大氣？」窈娘哭道：「也不知道是弟子們說錯了甚麼話，惹得老爺子大發雷霆，連殺了幾個弟子。老爺子氣得全身發抖，一回進房中，臉上抽筋，口角流涎，連話也不會說了，有人說是中風，也不知是不是……」一面說，一面嗚咽不止。

白萬劍聽到「中風」二字，全身猶如浸入了冰水一般，更不打話，大叫：「爹爹！」衝進臥室，只見父親炕前錦帳低垂，房中一瓦罐藥，正煮得噗噗噗地冒著熱氣。白萬劍又叫：「爹爹！」伸手揭開帳子，只見父親朝裏而臥，身子一動也不動，竟似呼吸也停了，大驚之下，忙伸手去探他鼻息。

手指剛伸到他口邊，被窩中突然探出一物，喀喇一響，將他右手牢牢拑住，竟是一隻生滿了尖刺的鋼夾。白萬劍驚叫：「爹爹，是我，孩兒回來了。」突然胸腹間同時中了兩指，正中要穴，穴道遭封，再也不能動彈了。

石清夫婦坐在大廳上喝茶，封萬里下首相陪。石破天垂手站在父親身旁。封萬里儘問些中原武林中的近事，言談始終不涉正題。

石清鑒貌辨色，覺得凌霄城中上上下下各人均懷極大隱憂，卻也不感詫異，心想：「他們得知俠客島使者即將到來，這是雪山派存亡榮辱的大關頭，人人休戚相關，自不免憂心忡忡。」

過了良久，始終不見白萬劍出來。封萬里道：「家師這場疾病，起得委實好凶，白師弟想是在侍候湯藥。師父內功深厚，身子向來清健，這十幾年來，連傷風咳嗽也沒一次，想不到平時不生病，突然染疾，竟會如此厲害，但願他老人家早日痊愈才好。」石清道：「白師伯內功造詣，天下罕有，年紀又不甚高，調養幾日，定占勿藥。賢弟也不須太過擔憂。」心中卻不由得暗喜：「白師伯既然有病，便不能立時處置我孩兒，天可憐見，好歹拖得幾日，待那張三、李四到來，大夥兒拚力一戰，咱們玄素莊和雪山派同存共亡便是。」

說話之間，天色漸黑，封萬里命人擺下筵席，倒也給石破天設了座位。除封萬里外，雪山派又有四名弟子相陪。耿萬鍾、柯萬鈞等新歸的弟子卻俱不露面。陪客的弟子中有一人年歲甚輕，名叫陸萬通，口舌便給，不住勸酒，連石破天喝乾一杯後，也隨即給他斟上。

閔柔喝了三杯，便道：「酒力不勝，請賜飯罷。」陸萬通道：「石夫人有所不知，敝處地勢高峻，氣候寒冷，兼之終年雲霧繚繞，濕氣甚重，兩位雖內功深厚，寒氣濕氣俱不能侵害，但這參陽玉酒飲之於身子大有補益，通體融和，是凌霄城中一日不可或缺之物。兩位還請多飲幾杯。」說著又給石清夫婦及石破天斟上了酒。

閔柔早覺這酒微辛而甘，參氣甚重，聽得叫做「參陽玉酒」，心想：「他說得客氣，說甚麼我們內功深厚，不畏寒氣濕氣侵襲，看來不飲這種烈性藥酒，於身子還眞有害。」於是又飲了兩杯，突然之間，只覺小腹間熱氣上沖，跟著胸口間便如火燒般熱了起來，忙運氣按捺，笑道：「封賢弟，這……這酒好生厲害！」

石清卻霍地站起，喝道：「這是甚麼酒？」

封萬里笑道：「這參陽玉酒，酒性確是厲害些，卻還難不倒名聞天下的黑白雙劍罷？」

石清厲聲道：「你……你……」突然身子搖晃，向桌面俯跌下去。閔柔和石破天忙伸手去扶，不料二人同時頭暈眼花，天旋地轉，都摔在石清身上。

也不知道過了多少時候，石破天迷迷糊糊的醒來，初時還如身在睡夢之中，緩緩伸手，想要撐身坐起，突覺雙手手腕上都扣著一圈冰冷堅硬之物，心中一驚，登時便淸醒了，驚覺手腳都已戴上了銬鐐，眼前卻黑漆一團，不知身在何處。忙跳起身來，只跨出兩步，砰的一聲，額頭便撞上了堅硬的石壁。

他定了定神，慢慢移動腳步，伸手觸摸四周，發覺處身在一間丈許見方的石室之中，地下高低不平，都是巨石。他睜大眼睛四下察看，見左角落裏略有微光透入，凝目看去，是個不到一尺見方的洞穴，貓兒或可出入，卻連小狗也鑽不進去。他舉起手臂，以手銬敲打石壁，四周發出重濁之聲，顯然石壁堅厚異常，難以攻破。

他倚牆而坐，尋思：「我怎麼會到了這裏？那些人給我們喝的甚麼參陽玉酒，定是大有古怪，想是其中有蒙汗藥之類，是以石莊主也會暈倒，摔跌在酒席之上。看來雪山派的人執意要殺石中玉，生怕石莊主夫婦抗拒，因此將我們迷倒了。然而他們怎麼又不殺我？多半是因白老爺子有病，先將我們監禁幾日，待他病愈之後，親自處置。」

又想：「白老爺子問起之時，我只須說明我是狗雜種，不是石中玉，他跟我無怨無仇，查明眞相後自會放我。但石莊主夫婦他卻未必肯放，說不定要將他二人關入石牢，待石中玉自行投到再放，可就不知要關到何年何月了。石夫人這麼斯文乾淨的人，給關在瞧不見天光的石牢之中，氣也氣死她啦。怎麼想個法子將她和石莊主救了出去，然後我留著慢慢再和白老爺子分說？」

想到救人，登時發起愁來：「我自己給上了腳鐐手銬，還得等人來救，怎麼能去救人？凌霄城中個個都是雪山派的，又有誰能來救我？」

他雙臂一分，運力崩動鐵銬，但聽得嗆啷啷鐵鍊聲響個不絕，鐵銬卻紋絲不動，原來手銬和腳鐐之間還串連著鐵鍊。

便在此時，那小洞中突然射進燈光，有人提燈走近，跟著洞中塞進一隻瓦缽，盛著半缽米飯，飯上鋪著幾根鹹菜，一雙毛竹筷插在米飯中。石破天顧不得再裝啞巴，叫道：「喂，喂，我有話跟白老爺子說！」外面那人嘿嘿幾聲冷笑，洞中射進來的燈光漸漸隱去，竟一句話也不說便走了。

石破天聞到飯香，便即感到十分飢餓，心想：「我在酒筵中吃了不少菜，怎麼這時候又餓得厲害？只怕我暈去的時候著實不短。」捧起瓦缽，拔筷便吃，將半缽白飯連著鹹菜吃了個乾淨。

吃完飯後，將瓦缽放回原處，數次用力掙扎，發覺手足上銬鐐竟是精鋼所鑄，雖運起內力，亦無法將之拉得扭曲，反而手腕和足踝上都擦破了皮；再去摸索門戶，不久便摸到石門的縫隙，以肩頭推去，石門竟絕不搖晃，也不知有多重實。他嘆了口氣，心想：「只有等人來帶我出去，此外再無別法。只不知他們可難爲了石莊主夫婦沒有？」

既然無法可想，索性也不去多想，眼前出現的只是阿綉那溫柔斯文的可愛面貌，有時偶爾也想到了侍劍，而自從見到丁璫輕聲淺笑，和石中玉摟在一起之後，便再也不想到她了，心想：「她騙我來冒充石中玉，只怕是跟貝大夫一樣，也是叫我做替死鬼。」靠著石壁，閉眼入睡。石牢之中，不知時刻，多半是等了整整一天，才又有人前來送飯，只見一隻手從洞中伸了進來，把瓦缽拿出洞去。

石破天腦海中突然間閃過一個念頭，待那人又將盛了飯菜的瓦缽從洞中塞進來時，疾撲而上，嗆啷啷鐵鍊亂響聲中已抓住了那人右腕。他的擒拿功夫加上深厚內力，這一抓之下，縱是武林中的好手也禁受不起，只聽那人痛得殺豬也似大叫，石破天跟著回扯，已將他整條手臂扯進洞來，喝道：「你再喊，便把你手臂扭斷了！」

那人哀求道：「我不叫，你……你放手。」石破天道：「快打開門，放我出來。」那人道：「好，你鬆手，我來開門。」石破天道：「我一放手，你便逃走了，不能放。」那人道：「你不放手，我怎能去開門？」

石破天心想此話倒也不錯，老是抓住他的手也無用處，但好容易抓住了他，總不能輕易放手。靈機一動，道：「將我手銬的鑰匙丟進來。」那人道：「鑰匙？那……那不在我身邊。小人只是個送飯的伙伕。」

石破天聽他語氣有點不盡不實，便將手指緊了緊，道：「好，那便將你手腕先扭斷了再說。」那人痛得連叫：「哎喲，哎喲。」終於噹的一聲，一條鑰匙從洞中丟了進來。這人甚是狡猾，將鑰匙丟得遠遠地，石破天要伸手去拾，便非放了他的手不可。

石破天一時沒了主意，拉著他手力扯，伸左腳去勾那鑰匙，雖將那人的手臂盡數拉進洞來，左腳腳尖跟鑰匙還是差著數尺。那人給扯得疼痛異常，叫道：「你再這麼扯，可要把我手臂扯斷了。」

石破天盡力伸腿，但雙足之間有鐵鍊相繫，足尖始終碰不到鑰匙。他瞧著自己伸出去的那隻腳，突然靈機一動，屈左腿脫下鞋子，對準了牆壁著地擲出。鞋子在壁上一撞，彈將轉來，正好帶著鑰匙一齊回轉。石破天一聲歡呼，左手拾起鑰匙，插入右腕手銬匙孔，輕輕一轉，喀的一聲，手銬便即開了。

他換手又開了左腕手銬，反手便將手銬扣在那人腕上。那人驚道：「你……你幹甚麼？」石破天笑道：「你可以去開門了。」將鐵鍊從洞中送出。那人兀自遲疑，石破天抓住鐵鍊一扯，又將那人手臂扯進洞來，力氣使得大了，將那人扯得臉孔撞上石壁，登時鼻血長流。那人情知無可抗拒，只得拖著那條嗆啷啷直響的鐵鍊，打開石門。可是鐵鍊的另一端繫在石破天的足鐐之上，室門雖開，鐵鍊通過一個小洞，縛住了二人，石破天仍無法出來。

他扯了扯鐵鍊，道：「把腳鐐的鑰匙給我。」那人愁眉苦臉的道：「我眞的沒有。小人只是個掃地煮飯的伙伕，有甚麼鑰匙？」石破天道：「好，等我出來了再說。」將那人的手臂又扯進洞中，打開了手銬。

那人一得自由，急忙衝過去想頂上石門。石破天身子一晃，早已從門中閃出，只見這人一身白袍，形貌精悍，多半是雪山派的正式弟子，那裏是甚麼掃地煮飯的伙伕。一把抓住他後領提起，喝道：「你不開我腳鐐，我把你腦袋在這石牆上撞它一百下再說。」說著便將他腦袋在石牆上輕輕一撞。那人武功本也不弱，但落在石破天手中，宛如雛鷄入了老鷹爪底，竟半分動彈不得，腦袋疼痛，只得又取出鑰匙，爲他打開腳鐐。

石破天喝道：「石莊主和石夫人給你們關在那裏？快領我去。」那人道：「雪山派跟玄素莊無怨無仇，早放了石莊主夫婦走啦，沒關住他們。」

石破天將信將疑，但見那人的目光不住向甬道彼端的一道石門瞧去，心想：「此人定是說謊，多半將石莊主夫婦關在那邊。」提著他後領，大踏步走到那石門之前，喝道：「快打開了門！」

那人臉色大變，道：「我……我沒鑰匙。這裏面關的不是人，是一頭獅子，兩隻老虎，一開門可不得了。」石破天聽說裏面關的是獅子老虎，大是奇怪，將耳朵貼到石門之上，卻聽不到裏面有獅吼虎嘯之聲。那人道：「你既然出來了，這就快快逃走罷，在這裏多躭擱，別給人發覺了，又讓抓了起來。」

石破天心想：「你又不是我朋友，爲甚麼對我這般關心？初時我要你打開手銬和石門，你定是不肯，此刻卻勸我快逃。是了，石莊主夫婦定然給關在這間石室之中。」提起那人身子，又將他腦袋在石壁上輕輕一撞，道：「到底開不開？我就是要瞧瞧獅子老虎。」

那人驚道：「裏面的獅子老虎可兇狠得緊，好幾天沒吃東西了，一見到人，立刻撲了出來……」石破天急於救人，不耐煩聽他東拉西扯，倒提他身子，頭下腳上的用力搖晃，噹噹兩聲，他身上掉下兩枚鑰匙。石破天大喜，將那人放在一邊，拾起鑰匙，便去插入石門上的鐵鎖孔中，喀喀喀的轉了幾下，鐵鎖便即打開。

那人一聲「啊喲」，轉身便逃。石破天心想：「給他逃了出去通風報信，多有未便。」搶上去將他一把抓過，丟入先前監禁自己的那間石室，連那副帶著長鍊的足鐐手銬也一起投了進去，然後關上石門，上了鎖，再回到甬道彼端的石門處，探頭進內，叫道：「石莊主、石夫人，你們在這裏嗎？」

他叫了兩聲，室中沒半點聲息。石破天將門拉得大開，卻見裏面隔著丈許之處，又有一道石門，心道：「是了，怪不得有兩枚鑰匙。」

於是取過另一枚鑰匙，打開第二道石門，剛將石門拉開數寸，叫得一聲「石莊主……」，便聽得室中有人破口大罵：「龜兒子，龜孫子，烏龜王八蛋，我一個個把你們千刀割、萬刀剮的，叫你們不得好死……」又聽得鐵鍊聲嗆啷啷直響。這人罵聲語音重濁，嗓子嘶啞，與石清清亮的江南口音截然不同。

石破天心道：「石莊主夫婦雖不在這裏，但此人既給雪山派關著，也不妨救他出來。」便道：「你不用罵了，我來救你出去。」

那人繼續罵道：「你是甚麼東西？敢來胡說八道欺騙老子？我……我把你的狗頭頸扭得斷斷地……」

石破天微微一笑，心道：「這人脾氣好大。給關在這暗無天日的石牢之中，也真難怪他生氣。」當即閃身進內，說道：「你也給戴上了足鐐手銬麼？」剛問得這句話，黑暗中便聽得呼的一聲，一件沉重的物事向頭頂擊落。

石破天閃身向左，避開了這一擊，立足未定，後心要穴已讓一把抓住，跟著一條粗大的手臂扼了他咽喉，用力收緊。這人力道凌厲之極，石破天登時便覺呼吸爲艱，耳中嗡嗡嗡直響，卻又隱隱聽得那人在「烏龜兒子王八蛋」的亂罵。

石破天好意救人，萬料不到對方竟會出手加害，在這黑囚牢中陡逢如此厲害的高手，一著先機既失，立時便爲所制，暗叫：「這一下可死了！」無可奈何之中，只有運氣於頸，與對方手臂硬挺。喉頭肌肉柔軟，決不及手臂的勁力，但他內力渾厚之極，猛力挺出，竟將那人的手臂推開了幾分。他急速吸了口氣，待那人手臂再度收緊，他右手已反將上來，一把格開，身子向外竄出，說道：「我是想救你出去，幹麼對我動粗？」

那人「咦」的一聲，甚是驚異，道：「你……你是誰？內力可還眞不弱。」向石破天呆呆瞪視，過了半晌，又「咦」的一聲，喝問：「臭小子，你是誰？」

石破天道：「我……我……」一時不知該當自承是「狗雜種」，還是繼續冒充石中玉。那人怒道：「你自然是你，難道沒名沒姓麼？」石破天道：「我把你先救了出去，別的慢慢再說不遲。」那人嘿嘿冷笑，說道：「你救我？嘿嘿，那豈不笑掉了天下人的下巴。我是何人也？你是甚麼東西？憑你一點點三腳貓的本領，也能救我？」

這時第二道石門打開了一半，日光透將進來，只見那人滿臉花白鬍子，身材魁梧，背脊微弓，倒似這間小小石室裝不下他這個大身子似的，眼光耀如閃電，威猛無儔。

石破天見他目光在自己臉上掃來掃去，心下不禁發毛：「適才那雪山弟子說這裏關著獅子老虎，這人的模樣倒眞像是頭猛獸。」不敢再和他多說甚麼，只道：「我去找鑰匙來，給你打開足鐐手銬。」

那人怒道：「誰要你來討好？我是自願留在這裏靜修，否則的話，天下焉能有人關得我住？你這小子沒帶眼睛，還道我是給人關在這裏的，是不是？嘿嘿，爺爺今天若不是脾氣挺好，單憑這一句話，便將你斬成十七廿八段。」雙手搖晃，將鐵鍊搖得噹噹直響，道：「爺爺只消性起，一下子就將這鐵鍊崩斷了。這些足鐐手銬，在我眼中只不過是豆腐一般。」

石破天並不相信，尋思：「這人神情說話倒似是個瘋子。他既不願我相救，倘若我硬要給他打開銬鐐，他反會打我。他武功甚高，我鬥他不過，還是去救石莊主、石夫人要緊。」便道：「既然這樣，那我就去了。」

那人怒道：「滾你媽的臭鴨蛋，爺爺縱橫天下，從未遇過敵手，要你這小子來救我？當眞是滑天下之大稽，荒天下之大唐，放天下之大狗屁！……」

石破天道：「得罪，得罪，對不住。那我就不來救爺爺了。」輕輕帶上兩道石門，沿著甬道走了出去。

甬道甚長，轉了個彎，又行十餘丈才到盡頭，只見左右各有一門。他推了推左邊那門，牢牢關著，推右邊那門時，卻應手而開，進門後是間小廳，進廳中沒行得幾步，便聽得左首傳來兵刃相交之聲，乒乒乓乓的鬥得甚是激烈。

石破天心道：「原來石莊主兀自在和人相鬥。」忙循聲而前。打鬥聲從左首傳來，一時卻找不到門戶，他繫念石清、閔柔的安危，眼見左首的板壁並不甚厚，肩頭撞去，板壁立破，兵刃聲登時大盛，眼前也是一間小小廳堂，四個白衣漢子各使長劍，正在圍攻兩個女子。

石破天一見這兩個女子，情不自禁的大聲叫道：「師父，阿綉！」

那二人正是史婆婆和阿綉。

史婆婆手持單刀，阿綉揮舞長劍，但見她二人頭髮散亂，每人身上都已帶了幾處傷，血濺衣襟，情勢危殆。二人聽得石破天的叫聲，但四名漢子攻得甚緊，劍法凌厲，竟沒餘暇轉頭來看。但聽得阿綉一聲驚呼，肩頭又中了一劍。

石破天不及多想，疾撲而上，向那急攻阿綉的中年人背心抓去。那人斜身閃開，回了一劍。石破天左掌拍出，勁風到處，將那人長劍激開，右手發掌攻向另一個老者。那老者後發先至，劍尖已刺向他小腹，劍招迅捷無倫。幸好石破天當日曾由史婆婆指點過雪山派劍法的精要，知道這一招「嶺上雙梅」雖是一招，卻是兩刺，一劍刺出後跟著又再刺一劍，當即小腹一縮，避開了第一劍，立即左手掠下，伸中指彈出。那老者的第二劍恰好於此時刺到，便如長劍伸過去湊他手指一般，錚的一聲響，劍刃斷爲兩截。那老者只震得半身酸麻，連半截劍也拿揑不住，撒手丟下，立時縱身躍開，已嚇得臉色大變。

石破天左手探出，抓住了攻向阿綉的一人後腰，提將起來，揮向另一人的長劍。那人大驚，急忙縮劍，石破天乘勢出掌，正中他胸膛。那人蹬蹬蹬連退三步，身子晃了幾下，終於坐倒。

石破天將手中的漢子向第四人擲出，去勢奇急。那人正與史婆婆拚鬥，待要閃避，卻已不及，給飛來那人重重撞中，兩人立時口噴鮮血，雙雙昏暈。

四名白衣漢子遭石破天於頃刻間打得一敗塗地，其中只那老者並未受傷，眼見石破天這等神威，已驚得心膽俱裂，說道：「你……你……」突然縱身急奔，意欲奪門而出。史婆婆叫道：「別放他走了！」石破天左腿橫掃，正中那老者下盤。那老者兩腿膝蓋關節一齊震脫，摔在地下。

史婆婆笑道：「好徒兒，我金烏派的開山大弟子果然了得！」阿綉臉色蒼白，按住了肩頭創口，一雙妙目凝視著石破天，目光中掩不住喜悅無限。

石破天道：「師父，阿綉心肝寶貝，你們都好嗎？」他這些日子中，日裏晚間，叫的便是「阿綉心肝寶貝」，把這六個字唸得滾瓜爛熟，這時見到，想也不想便衝口而出。史婆婆匆匆爲阿綉包紮創口，跟著阿綉撕下自己裙邊，給婆婆包紮劍傷。幸好二人劍傷均不甚重，並無大礙。石破天又道：「在紫煙島上找不到你們，我日夜想念，今日重會，那眞好……最好以後再也不分開了。」

阿綉先前聽他一開口便叫自己「心肝寶貝」，在婆婆面前這麼叫法，不由得大感羞愧，又聽他這麼說，蒼白的臉上更堆起滿臉紅暈，低下頭去。他知石破天性子淳樸，不善言詞，這幾句話實是發自肺腑，雖當著婆婆之面吐露眞情，未免令人靦覥，但心中確也歡喜不勝。

史婆婆嘿嘿一笑，說道：「你若能立下大功，這件事也未始不能辦到，就算是婆婆親口許給你好了。」阿綉的頭垂得更低，羞得耳根子也都紅了。

石破天卻尚未明白這便是史婆婆許婚，問道：「師父許甚麼？」史婆婆笑道：「我把這孫女兒給了你做老婆，你要不要？想不想？歡不歡喜？」石破天又驚又喜，道：「我……我……我自然要，自然想得很，歡喜得很。我不見了你們，天天就在想要阿綉做老婆……」史婆婆道：「不過，你先得出力立一件大功勞。雪山派中發生了重大內變，咱們先得去救一個人。」石破天道：「是啊，我正要去救石莊主和石夫人，咱們快去尋找。」他一想到石清、閔柔身處險地，登時便心急如焚。

史婆婆道：「石清夫婦也到了凌霄城中嗎？咱們平了內亂，石清夫婦的事稀鬆平常。阿綉，先將這四人宰了罷？」

阿綉提起長劍，只見那老者和倚在牆壁上那人的目光之中，都露出乞憐之色，不由得起了惻隱之心。她得祖母許婚，正自喜悅不勝，殊無殺人之意，說道：「婆婆，這幾人不是主謀，不如暫且饒下，待審問明白，再殺不遲。」

史婆婆哼了一聲，道：「快走，快走，別躭誤了大事。」當即拔步而出。阿綉和石破天跟在後面。

史婆婆穿堂過戶，走得極快，每遇有人，她縮在門後或屋角中避過，似乎對各處房舍門戶十分熟悉。

石破天和阿綉並肩而行，覺得剛才師父所說實在太好，有點不放心，問道：「阿綉，你肯做我老婆嗎？」阿綉輕聲道：「你如要我，我自然肯的。」石破天道：「自然要，自然要。心肝寶貝，一千個一萬個要！」越說越大聲。阿綉紅了臉，道：「別這麼大聲。」石破天應道：「是！」隨即低聲問道：「師父要我立甚麼大功勞？去救誰？」阿綉正要回答，只聽得腳步聲響，迎面走來五六人。史婆婆忙向柱子後一縮，阿綉拉著石破天的衣袖，躲入了門後。

只聽得那幾人邊行邊談，一個道：「大夥兒齊心合力，將老瘋子關了起來，這才鬆了口氣。這幾天哪，我當眞一口飯也吃不下，只睡得片刻，就嚇得從夢中醒了轉來。」另一人道：「不將老瘋子殺了，終究是天大後患。齊師伯卻一直猶豫不決，我看這件事說不定要糟。」又一人粗聲粗氣的道：「一不做，二不休，咱們索性連齊師伯一起幹了。」一人低聲喝道：「噤聲！怎麼這種話也大聲嚷嚷的？要是給老齊門下那些傢伙聽見了，咱們還沒幹了他，你的腦袋只怕先搬了家。」那粗聲之人似是心下不服，說道：「咱們和老齊門下鬥上一鬥，未必便輸。」嗓門卻已放低了許多。

這夥人漸行漸遠，石破天和阿綉擠在門後，身子相貼，只覺阿綉在微微發抖，低聲問道：「阿綉，你害怕麼？」阿綉道：「我……我確是害怕。他們人多，咱們只怕鬥不過。」史婆婆從柱後閃身出來，低聲道：「快走。」弓著身子，向前疾趨。石破天和阿綉跟隨在後，穿過院子，繞過一道長廊，來到一座大花園中。園中滿地是雪，一條鵝卵石鋪成的小路通向園中一座暖廳。

史婆婆縱身竄到一株樹後，在地下抓起一把雪，向暖廳外投去，啪的一聲，雪團落地，廳側左右便各有一人挺劍奔過來查看。史婆婆僵立不動，待那二人行近，手中單刀唰唰兩刀砍出，去勢奇急，兩人頸口中刀，割斷了咽喉，哼也沒哼一聲，便即斃命。

石破天初次見到史婆婆殺人，見她出手狠辣之極，這招刀法史婆婆也曾敎過，叫作「赤燄暴長」，自己早已會使，只是從沒想到這一招殺起人來竟如此乾淨爽脆，不由得心中怦怦而跳。待他心神寧定，史婆婆已將兩具屍身拖入假山背後，悄沒聲的走到暖廳之外，附耳長窗，傾聽廳內動靜。石破天和阿綉並肩走近廳去，只聽得廳內有兩人在激烈爭辯，聲音雖不甚響，但二人語氣顯然都十分憤怒。

只聽得一人道：「縛虎容易縱虎難，這句老話你總聽見過的。這件事大夥兒豁出性命不要，已做下來了。常言道得好，量小非君子，無毒不丈夫，你這般婆婆媽媽的，要是給老瘋子逃了出來，咱們人人死無葬身之地。」

石破天尋思：「他們老是說『老瘋子』甚麼的，莫非便是石牢中的老人？那人古怪怪的，我要救他出來，他偏不肯，只怕眞是個瘋子。這老人武功果然十分厲害，難怪大家對他都這般懼怕。」

只聽另一人道：「老瘋子已身入獸牢，便有通天本事，也決計逃不出來。咱們此刻要殺他，自是容易不過，只須不給他送飯，過得十天八天，還不餓死了他？可是若要人不知，除非己莫爲。江湖上人言可畏，這等犯上忤逆的罪名，你廖師弟固然不在乎，大夥兒的臉卻往那裏擱去？雪山派總不成就此毀了？」

那姓廖的冷笑道：「你既怕擔當犯上忤逆的罪名，當初又怎地帶頭來幹？現今事情已做下來了，卻又想假撇清，天下那有這等便宜事？齊師哥，你的用心小弟豈有不知？大家打開天窗說亮話，你想裝僞君子，假道學，又騙得過誰了？」那姓齊的道：「我又有甚麼用心了？廖師弟說話，當眞言中有刺，骨頭太多。」那姓廖的道：「甚麼是言中有刺，骨頭太多？齊師哥，你只不過假裝好人，想將這忤逆大罪推在我頭上，一箭雙鵰，自己好安安穩穩的坐上大位。」說到這裏，聲音漸漸提高。

那姓齊的道：「笑話，笑話！我有甚麼資格坐上大位，照次序挨下來，上面還有成師哥呢，卻也輪不到我。」另一個蒼老的聲音插口道：「你們爭你們的，可別將我牽扯在內。」那姓廖的道：「成師哥，你是老實人，齊師哥只不過拿你當作擋箭牌、砲架子。你得想清楚些，當了傀儡，自己還睡在鼓裏。」

石破天聽得廳中呼吸之聲，人數著實不少，當下伸指蘸唾沫濕了窗紙，輕輕刺破一孔，張目往內瞧時，只見坐的站的竟不下二三百人，有男有女，有老有少，個個身穿白袍，一色雪山派弟子打扮。

大廳上朝外擺著五張太師椅，中間一張空著，兩旁兩張椅中共坐著四人。聽那三人兀自爭辯不休，從語音之中，得知左首坐的是成、廖二人，右首那人姓齊，另一人面容清癯，愁眉苦臉的，神色難看。這時那姓廖的道：「梁師弟，你自始至終不發一言，到底打的是甚麼主意？」這姓梁的漢子嘆了口氣，搖搖頭，又嘆了口氣，仍沒說話。

那姓齊的道：「梁師弟不說話，自是對這件事不以爲然了。」那姓廖的怒道：「你不是梁師弟肚裏蛔蟲，怎知他不以爲然？這件事是咱四人齊心合力幹的，大丈夫既然幹了，卻又畏首畏尾，算是甚麼英雄好漢？」那姓齊的冷冷的道：「大夥兒貪生怕死，才幹下了這件事來，又怎說得上英雄好漢？這叫做事出無奈，鋌而走險。」那姓廖的大聲道：「萬里，你倒說說看，這件事怎麼辦？」

人羣中走出一人，正是那斷了一臂的風火神龍封萬里，躬身說道：「弟子無用，沒能周旋此事，致生大禍，已是罪該萬死，如何還敢再起弒逆之心？弟子贊同齊師叔的主意，萬萬不能對他再下毒手。」

那姓廖的厲聲道：「那麼中原回來的這些長門弟子，又怎生處置？」封萬里道：「師叔若准弟子多口，那麼依弟子之見，須當都監禁起來，大家慢慢再想主意。」那姓廖的冷笑道：「嘿嘿，那又何必慢慢再想主意？你們的主意早就想好了，以爲我不知道嗎？」封萬里道：「請問廖師叔這話，是甚麼意思？」

那姓廖的道：「你們長門弟子人多勢衆，武功又高，這掌門之位，自然不肯落在別支手上。你便是想將弒逆的罪名往我頭上一推，將我四支的弟子殺得乾乾淨淨，那就天下太平，自己卻又心安理得。哼哼，打的好如意算盤！」突然提高嗓子叫道：「凡是長門弟子，個個都是禍胎。咱們今日一不做，二不休，斬草除根，大家一齊動手，將長門一支都給宰了！」說著唰的一聲，拔出了長劍。

頃刻之間，大廳中眾人奔躍來去，二三十人各拔長劍，站在封萬里身周，另有六七十人也手執長劍，圍在這些人之外。

石破天尋思：「看來封師傅他們寡不敵眾，不知我該不該出手相助？」

封萬里大叫：「成師叔、齊師叔、梁師叔，你們由得廖師叔橫行麼？他四支殺盡了長門弟子，就輪到你們二支、三支、五支了。」

那姓廖的喝道：「動手！」身子撲出，挺劍便往封萬里胸口刺去。封萬里左手拔劍，擋開來劍。只聽得噹的一聲響，跟著嗤的一下，封萬里右手衣袖已給削去了一大截。

封萬里與白萬劍齊名，本是雪山派第二代弟子中數一數二的人物，劍術之精，尚在成、齊、廖、梁四個師叔之上，可是他右臂已失，左手使劍究屬不便。那姓廖的一劍疾刺，他雖擋開，但姓廖的跟著變招橫削，封萬里明知對方劍招來路，手中長劍卻不聽使喚，幸好右臂早去，只給削去了一截衣袖。那姓廖的一招得手，二招繼出。封萬里身旁兩柄劍遞上，雙雙將他來劍格開。

那姓廖的喝道：「還不動手？」四支中的六七十名弟子齊聲吶喊，挺劍攻上。長門弟子分頭接戰，都是以一敵二或是敵三。白光閃耀，叮噹乒乓之聲大作，雪山派的議事大廳登時變成了戰場。

那姓廖的躍出戰團，只見二支、三支、五支的衆弟子都倚牆而立，按劍旁觀，他心念一動之際，已明其理，狂怒大叫：「老二、老三、老五，你們心腸好毒，想來撿現成便宜，哼哼，莫發淸秋大夢！」他紅了雙眼，挺劍向那姓齊的刺去。兩人長劍揮舞，劇鬥起來。那姓廖的劍術顯比那姓齊的爲佳，拆到十餘招後，姓齊的連連後退。

姓梁的五師弟仗劍而出，說道：「老四，有話好說，自己師兄弟這般動蠻，那成甚麼樣子？」揮劍將那姓廖的長劍擋開。齊老三見到便宜，中宮直進，疾刺姓廖的小腹，這一劍竟欲制他死命，下手絲毫不留餘地。

那姓廖的長劍給五師弟黏住了，成爲比拚內力的局面，三師兄這一劍刺到，如何再能擋架？那姓成的二師兄突然舉劍向姓齊的背心刺去，嘆道：「唉，罪過，罪過！」那姓齊的急圖自救，忙迴劍擋架。

二支、三支、五支的衆門人見師父們已打成一團，都紛紛上前助陣。片刻之間，大廳中便鮮血四濺，斷肢折足，慘呼之聲四起。

阿綉拉著石破天右手，顫聲道：「大哥，我……我怕！」石破天道：「到底是怎麼回事？大家爲甚麼打架？」這時大廳中人人自顧不暇，他二人在窗外說話，也已沒人再加理會了。

史婆婆冷笑道：「好，好，打得好，一個個都死得乾乾淨淨，才合我心意。」

史婆婆居中往太師椅上一坐，冷冷的道：

「將這些人身上的銬鐐都給打開了。」

十七　自大成狂

這二三百人羣相鬥毆，都是穿一色衣服，使一般兵刃，誰友誰敵，倒也不易分辨。本來四支和長門鬥，三支和四支鬥，二支和五支鬥，到得後來，本支師兄弟間素有嫌隙的，乘著這個機會，或明攻，或暗襲，也都廝殺起來，局面混亂已極。

忽聽得砰嘭一聲響，兩扇廳門脫鈕飛出，一人朗聲說道：「俠客島賞善罰惡使者，前來拜見雪山派掌門人！」語音清朗，竟將數百人大呼酣戰之聲也壓了下去。

衆人都大吃一驚，有人便即罷手停鬥，躍在一旁。漸漸罷鬥之人愈來愈多，過不片刻，人人都退向牆邊，目光齊望廳門，大廳中除了傷者的呻吟之外，更無別般聲息。又過片刻，連身受重傷之人也都住口止喚，瞧向廳門。

廳門口並肩站著二人，一胖一瘦。石破天見是張三、李四到了，險些兒尖聲呼叫，但隨即想起自己假扮石中玉，不能在此刻表露身分。

張三笑嘻嘻地道：「難怪雪山派武功馳名天下，為別派所不及。原來貴派同門習練武功之時，竟也真砍真殺。如此認真，嘿嘿，難得，難得！佩服，佩服！」

那姓廖的名叫廖自礪，踏上一步，說道：「尊駕二位便是俠客島的賞善罰惡使者麼？」

張三道：「正是。不知那位是雪山派掌門人？我們奉俠客島島主之命，手持銅牌前來，邀請貴派掌門人赴敝島相敘，喝一碗臘八粥。」說著探手入懷，取出兩塊銅牌，轉頭向李四道：「聽說雪山派掌門人是威德先生白老爺子，這裏的人，似乎都不像啊。」李四搖頭道：「我瞧著也不像。」

廖自礪道：「姓白的早已死了，新的掌門人……」他一言未畢，封萬里接口罵道：「放屁！威德先生並沒死，不過……」廖自礪怒道：「你對師叔說話，是這等模樣麼？」封萬里道：「你這種人，也配做師叔！」

廖自礪長劍直指，便向他刺去。封萬里舉劍擋開，退了一步。廖自礪殺得紅了雙眼，仗劍直上。一名長門弟子上前招架。跟著成自學、齊自勉、梁自進紛紛揮劍，又殺成一團。

雪山派這場大變，關涉重大，成、齊、廖、梁四個師兄弟互相牽制，互相嫉妒，長門處境雖甚不利，實力卻也殊不可侮，因此雖有賞善罰惡使者在場，但本支面臨生死存亡的大關頭，各人竟不放鬆半步，一時殺得難解難分，均盼先在內爭中佔了上風，再來處理銅牌邀宴之事。

張三笑道：「各位專心研習劍法，發揚武學，原是大大美事，但來日方長，卻也不爭這片刻。雪山派掌門人到底是那一位？」說著緩步上前，雙手伸出，亂抓亂拿，只聽得嗆啷啷響聲不絕，七八柄長劍都已投在地下。成、齊、廖、梁四人以及封萬里與幾名二代弟子手中的長劍，不知如何竟都給他奪下，拋擲在地。各人只感到胳臂一震，兵刃便已離手。

這一來，廳上眾人無不駭然失色，才知來人武功之高，委實匪夷所思。各人登時忘卻了內爭，記起武林中所盛傳賞善罰惡使者所到之處、整個門派盡遭屠滅的種種故事，不自禁的都覺全身寒毛豎立，好些人更牙齒相擊，身子發抖。

先前各人均想凌霄城偏處西域，極少與中土武林人士往還，這邀宴銅牌未見得會送來雪山派；善惡二使的武功得諸傳聞，多半言過其實，未必眞有這等厲害；再則雪山派有掌門人威德先生白自在大樹遮蔭，便有天大禍事，也自有他挺身抵擋，因此於這件事誰也沒多加在意。豈知突然之間，預想不會來的人終究來了，所顯示的武功只有比傳聞更高，而遮蔭的大樹又偏偏給自己砍倒了。人人都知，過去三十年中前赴俠客島的掌門人，沒一人能活著回來，此時誰做了雪山派掌門人，便等如是自殺一般。

還在片刻之前，五支互爭雄長，均盼由本支首腦出任掌門。五支由勾心鬥角的暗鬥，進而爲揮劍擊殺的明爭，驀地裏情勢急轉直下，封、成、齊、廖、梁五人一怔之間，不約而同的伸手指出，說道：「是他！他是掌門人！」

霎時之間，大廳中寂靜無聲。

僵持片刻，廖自礪道：「三師哥年紀最大，順理成章，自當接任本派掌門。」齊自勉道：「年紀大有甚麼用？廖師弟武功既高，門下又人才濟濟，這次行事，以你出力最多。廖師弟如不做掌門，就算旁人做了，這位子也決計坐不穩。」梁自進冷冷的道：「本門掌門人本來是大師兄，大師兄不做，當然是二師兄做，那有甚麼可爭的？」成自學道：「咱四人中論到足智多謀，還推五師弟。我贊成由五師弟來擔當大任。須知今日之事，乃鬥智不鬥力。」

廖自礪道：「掌門人本來是長門一支，齊師哥既然不肯做，那麼由長門中的封師姪接任，大夥兒也沒異言，至少我姓廖的大表贊成。」封萬里道：「剛才有人大聲叱喝，要將長門一支的弟子盡數殺了，不知是誰放的狗屁？」廖自礪雙眉陡豎，待要怒罵，但轉念一想，強自忍耐，說道：「事到臨頭，臨陣退縮，未免也太無恥。」

五人你一言，我一語，都是推舉別人出任掌門。

張三笑吟吟的聽著，不發一言。李四卻耐不住了，喝道：「到底那一個是掌門人？你們這般的吵下去，再吵十天半月也不會有結果，我們可不能多等。」

梁自進道：「成師哥，你快答應吧，別要惹出禍事來，都是你一個人連累了大家。」成自學怒道：「爲甚麼是我牽累了大家，卻不是你？」五人又吵嚷不休。

張三笑道：「我倒有個主意在此。你們五位以武功決勝敗，誰的功夫最強，誰便是雪山派掌門。」五人面面相覷，你瞧我一眼，我瞧你一眼，均不接嘴。

張三又道：「適才我二人進來之時，你們五位正在動手廝殺，猜想一來是研討武功，二來是憑強弱定掌門。我二人進來得快了，打斷了列位的雅興。這樣罷，你們接著打下去，不到一個時辰，勝敗必分。否則的話，我這個兄弟性子最急，一個時辰中辦不完這件事，他只怕要將雪山派盡數誅滅了。那時誰也做不成掌門，反而不美。一、二、三！這就動手罷！」

唰的一聲，廖自礪第一個拔出劍來。

張三忽道：「站在窗外偷瞧的，想必也都是雪山派的人了，一起都請進來罷！既是憑武功強弱以定掌門，那就不分輩份大小，人人都可出手。」袍袖向後拂出，砰的一聲響，兩扇長窗爲他袖風所激，直飛了出去。

史婆婆道：「進去罷！」左手拉著阿綉，右手拉著石破天，三人並肩走進廳去。

廳上眾人一見，無不變色。成、齊、廖、梁四人各執兵刃，將史婆婆等三人圍住了。史婆婆只嘿嘿冷笑，並不作聲。封萬里卻上前躬身行禮，顫聲道：「參……參……參見師……師……娘！」

石破天心中一驚：「怎麼我師父是他的師娘？」史婆婆雙眼向天，渾不理睬。

張三笑道：「很好，很好！這位冒充長樂幫主的小朋友，卻回到雪山派來啦！二弟，你瞧這傢伙跟咱們三弟可眞有多像！」李四點頭道：「就是有點兒油腔滑調，賊頭狗腦！那裏有漂亮妞兒，他就往那裏鑽。」

石破天心道：「大哥、二哥也當我是石中玉。我只要不說話，他們便認我不出。」

張三說道：「原來這位婆婆是白老夫人，多有失敬。你的師弟們看上了白老爺子的掌門之位，正在較量武功，爭奪大位，好罷！大夥兒這便開始！」

史婆婆滿臉鄙夷之色，攜著石破天和阿綉兩人，昂首而前。成自學等四人不敢阻攔，眼睜睜瞧著她往太師椅中一坐。

李四喝道：「你們還不動手，更待何時？」

成自學道：「不錯！」舉劍向梁自進刺去。梁自進揮劍擋開，腳下踉蹌，站立不定，說道：「成師哥劍底留情，小弟不是你對手！」這邊廖自礪和齊自勉也作對兒鬥了起來。

四人只拆得十餘招，旁觀的人無不暗暗搖頭，但見四人劍招中漏洞百出，發招不是全無準頭，便是有氣沒力，那有半點雪山派第一代名手的風範？便是只學過一兩年劍法的少年，只怕也比他們強上幾分。顯而易見，這四人此刻不是「爭勝」，而是在「爭敗」，人人不肯做雪山派掌門，不過事出無奈，勉強出手，只盼輸在對方劍下。

可是既然人同此心，那就誰也不易落敗。梁自進身子一斜，向成自學的劍尖撞將過去。成自學叫聲：「啊喲！」左膝突然軟倒，劍尖拄向地下。廖自礪挺劍刺向齊自勉，但見對方不閃不避，呆若木鷄，這一劍便要刺入他肩頭，忙迴劍轉身，將背心要害賣給對方。

張三哈哈大笑，說道：「老二，咱二人足跡遍天下，這般精采的比武，今日卻是破題兒第一遭得見，當眞大開眼界。難怪雪山派武功獨步當世，果然與衆不同。」

史婆婆厲聲喝道：「萬里，你把掌門人和長門弟子都關在那裏？快去放出來！」

封萬里顫聲道：「是……是廖師叔關的，弟子確實不知。」史婆婆道：「你知道也好，不知也好，不快去放了出來，我立時便將你斃了！」封萬里道：「是，是，弟子這就立刻去找。」說著轉身便欲出廳。

張三笑道：「且慢！閣下也是雪山掌門的繼承人，豈可貿然出去？你！你！你！你！」連指四名雪山弟子，說道：「你們四人，去把監禁著的衆人都帶到這裏來，少了一個，你們的腦袋便像這樣。」右手一探，向廳中木柱抓去，柱子上登時出現一個大洞，只見他手指縫中木屑紛紛而落。

那四名雪山弟子不由自主的都打了個寒戰，只見張三的目光射向自己腦袋，右手五指抖動，像是要向自己頭上抓一把似的，當即喏喏連聲，走出廳去。

這時成、齊、廖、梁四人兀自在你一劍、我一劍的假鬥不休。四人聽了張三的譏嘲，都已不敢在招數上故露破綻，因此內勁固然惟恐不弱，姿式卻是只怕不狠，厲聲吆喝之餘，再輔以咬牙切齒，橫眉怒目，他四人先前眞是性命相拚，神情也沒這般凶神惡煞般猙獰可怖。只見劍去如風，招招落空，掌來似電，輕軟勝綿。

史婆婆越看越惱，喝道：「這些鬼把式，也算是雪山派的武功嗎？凌霄城的臉面可給你們丟得乾乾淨淨了。」轉頭向石破天道：「徒兒，拿了這把刀去，將他們每一個的手臂都砍一條下來。」

石破天在張三、李四面前不敢開口說話，只得接過單刀，向成自學一指，揮刀砍去。成自學聽得史婆婆叫人砍自己的臂膀，這可不是鬧著玩的，眼見他單刀砍到，忙揮劍擋開，這一劍守中含攻，凝重狠辣，不知不覺顯出了雪山劍法的眞功夫來。

張三喝采道：「這一劍才像個樣子。」

石破天心念一動：「大哥二哥知道我內力不錯，倘若我憑內力取勝，他們便認出我是狗雜種了。我既冒充石中玉，便只有使雪山劍法。」當下揮刀斜刺，使一招雪山劍法的「暗香疏影」。成自學見他招數平平，心下不再忌憚，運劍封住了要害，數招之後，引得他一刀刺向自己左腿，假裝封擋不及，「啊喲」一聲，刀尖已在腿上劃了一道口子。成自學投劍於地，淒然嘆道：「英雄出在少年，老頭子是不中用的了。」

梁自進揮劍向石破天肩頭削下，喝道：「你這小子無法無天，連師叔祖也敢傷害！」他對石破天所使劍法自是了然於胸，數招之間，便引得他以一招「風沙莽莽」在自己左臂輕輕掠過，登時跌出三步，左膝跪地，大叫：「不得了，不得了，這條手臂險些給這小子砍下來了。」跟著齊自勉和廖自礪雙戰石破天，各使巧招，讓他刀鋒在自己身上劃破一些皮肉，雙雙認輸退下。一個連連搖頭，黯然神傷；一個暴跳如雷，破口大罵。

史婆婆厲聲道：「你們輸給了這孩兒，那是甘心奉他為掌門了？」

成、齊、廖、梁四人一般心思：「奉他為掌門，只不過是送他上俠客島去做替死鬼，有何不可？」成自學道：「兩位使者先生定下規矩，要我們各憑武功爭奪掌門。我藝不如人，以大事小，那也是無法可想。」齊、廖、梁三人隨聲附和。

史婆婆道：「你們服是不服？」四人齊聲道：「口服心服，更無異言。」心中卻想：「待這兩個惡人走後，凌霄城中還不是我們的天下？諒一個老婆子和一個小鬼有何作為？」史婆婆道：「那麼怎不參拜新任雪山派掌門？」想到金烏派開山大弟子居然做了雪山派掌門人，登時樂不可支，一時卻沒想到，此舉不免要令這位金烏派大弟子兼雪山派掌門人小命不保。

忽然廳外有人厲聲喝道：「誰是新任雪山派掌門？」正是白萬劍的聲音，跟著鐵鍊嗆啷啷聲響，走進數十人來。這些人手足都鎖在鐐銬之中，白萬劍當先，其後是耿萬鍾、王萬仞、柯萬鈞、呼延萬善、汪萬翼、花萬紫等一干新自中原歸來的長門弟子。

白萬劍一見史婆婆，叫道：「媽，你回來了！」聲音中充滿驚喜之情。

石破天先前聽封萬里叫史婆婆為師娘，已隱約料到她是白自在的夫人，此刻聽白萬劍呼她為娘，自是更無疑惑，只好生奇怪：「我師父既是雪山派掌門人的夫人，為甚麼要另創金烏派，又口口聲聲說金烏派武功是雪山派的剋星？」

阿綉奔到白萬劍身前，叫道：「爹爹！」

史婆婆既是白萬劍的母親，阿綉自是白萬劍的女兒了，可是她這一聲「爹爹」，還是讓石破天大吃了一驚。

白萬劍大喜，顫聲道：「阿綉，好啊，你……你……沒死？」

史婆婆冷冷的道：「她自然沒死！難道都像你這般膿包鼻涕蟲？虧你還有臉叫我一聲媽！我生了你這混蛋，恨不得一頭撞死了乾淨！老子給人家關了起來，自己身上叮叮噹噹的戴上這一大堆廢銅爛鐵，臭美啦，是不是？甚麼『氣寒西北』？你是『氣死西北』！他媽的甚麼雪山派，戴上手銬腳鍊，是雪山派甚麼高明武功啊？老的是混蛋，小的也是混蛋，他媽的師弟、徒弟、徒子、徒孫，一古腦兒都是混蛋，乘早給我改名作混蛋派是正經！」

白萬劍等她罵了一陣，才道：「媽，孩兒和衆師弟並非武功不敵，爲人所擒，乃是這些反賊暗使奸計。他……」手指廖自礪，氣憤憤的道：「這傢伙扮作了爹爹，在被窩中暗藏機關，孩兒這才失手……」史婆婆怒斥：「你這小混蛋更加不成話了，認錯了旁人，也還罷了，連自己爹爹也都認錯，還算是人麼？」

石破天心想：「認錯爹爹，也不算希奇。石莊主、石夫人就認錯我是他們的兒子，連帶我也認錯了爹爹。唉，卻不知我的爹爹到底是誰。」

白萬劍自幼給母親打罵慣了，此刻給她當衆大罵，雖感羞愧，也不如何放在心上，只是記掛著父親的安危，問道：「媽，爹爹可平安麼？」史婆婆怒道：「老混蛋是活是死，你小混蛋不知道，我又怎知道？老混蛋活在世上丟人現眼，讓師弟和徒弟們給關了起來，還不如早早死了的好！」白萬劍聽了，知道父親只是給本門叛徒監禁了，性命卻尚無礙，心中登時大慰，道：「謝天謝地，爹爹平安！」

史婆婆罵道：「平安個屁！」她口中怒罵，心中卻也著實關懷，向成自學等道：「你們把大師兄關在那裏？怎麼還不放他出來？」成自學道：「大師兄脾氣大得緊，誰也不敢走近一步，一近身他便要殺人。」史婆婆臉上掠過一絲喜色，道：「好，好，好！這老混蛋自以爲武功天下第一，驕傲狂妄，不可一世，讓他多受些折磨，也是應得之報。」

李四聽她怒罵不休，忍不住插口道：「到底那一個是混蛋派的掌門人？」

史婆婆霍地站起，踏上兩步，戟指喝道：「『混蛋派』三字，豈是你這個混蛋說得的？我自罵我老公、兒子，你是甚麼東西，膽敢出言辱我雪山派？你武功高強，不妨一掌把老身打死了，要在我面前罵人，卻是不能！」

旁人聽到她如此對李四疾言厲色的喝罵，無不手心中揑了一把冷汗，均知李四若是一怒出手，史婆婆萬無倖理。石破天晃身擋於史婆婆之前，倘若李四出手傷他，便代爲擋架。白萬劍苦於手足失卻自由，只暗暗叫苦。那知李四只微微一笑，說道：「是在下失言，這裏謝過，請白老夫人恕罪！那麼雪山派的掌門人到底是那一位？」

史婆婆向石破天一指，說道：「這少年已打敗了成、齊、廖、梁四個叛徒，他們奉他爲雪山派掌門，有那一個不服？」

白萬劍大聲道：「孩兒不服，要和他比劃！」

史婆婆道：「好，把各人的銬鐐開了！」

成、齊、廖、梁四人面面相覷，均想：「若將長門弟子放了出來，這羣大蟲再也不可復制。咱們犯上作亂的四支，那是死無葬身之地了。但眼前情勢，要想不放，卻又不成。」

廖自礪轉頭向白萬劍道：「你是我手下敗將，我都服了，你又憑甚麼不服？」白萬劍怒道：「你這犯上作亂的逆賊，我恨不得將你碎屍萬斷。你暗使卑鄙行逕，居然還有臉跟我說話？說甚麼是你手下敗將？」

原來白自在的師父早死，成、齊、廖、梁四人的武功大半係由白自在所授。白自在和四個師弟名雖同門，實係師徒。雪山派武功以招數變幻見長，內力修爲卻無獨到之秘。白自在早年以機緣巧合，服食雪山上異蛇的蛇膽蛇血，得以內力大增，雄渾內力再加上精微招數，數十年來獨步西域。他傳授師弟和弟子之時，並未藏私，但他這內功卻由天授，非關人力，因此衆師弟的武功始終和他差著一大截。白自在逞強好勝，於巧服異物、大增內力之事始終秘而不宣，以示自己功夫之強，乃自行鑽研修爲而成，並非得自運氣。

四個師弟心中卻不免存了怨懟之意，以爲師父臨終之時遺命大師兄傳授，大師兄卻有私心，將本門祖藝藏起一大半。再加白萬劍武功甚強，駸駸然有凌駕四個師叔之勢，成、齊、廖、梁四人更感不滿。只在白威德積威之下，誰都不敢有半句抱怨的言語。此番長門弟子中的菁英盡數離山，而白自在突然心智失常，倒行逆施，凌霄城中人人朝不保夕。衆師弟既爲勢所逼，又見有機可乘，這才發難。

便在此時，長門衆弟子回山。廖自礪躲在白自在床上，逼迫白自在的侍妾將白萬劍誘入房中探病，出其不意的將他擒住。自中原歸來的一衆長門弟子首腦就逮，餘人或遭計擒，或爲力服，盡數陷入牢籠。此刻白萬劍見到廖自礪，當眞是恨得牙癢癢地。

廖自礪道：「你若不是我手下敗將，怎地手銬會戴上你的雙腕？我可既沒用暗器，又沒使迷藥！」

李四喝道：「這半天爭執不清，快將他手上銬鐐開了，兩個人好好鬥一場。」

廖自礪兀自猶豫，李四左手一探，夾手奪過他手中長劍，噹噹噹噹四聲，白萬劍的手銬足鐐一齊斷絕，卻是給他在霎時之間揮劍斬斷。這副銬鐐以精鋼鑄成，廖自礪的長劍雖是利器，卻非削鐵如泥的寶劍，讓他運以渾厚內力一斫即斷，直如摧枯拉朽一般。銬鐐連著鐵鍊落地，白萬劍手足上卻連血痕也沒多上一條，衆人情不自禁的大聲喝采。幾名諂佞之徒爲了討好李四，這個「好」字還叫得加倍漫長響亮。

白萬劍向來自負，極少服人，這時也忍不住說道：「佩服，佩服！」長門弟子之中早有人送過劍來。白萬劍呸的一聲，一口唾沫吐在他臉上，跟著提足踢了他一個觔斗，罵道：「叛徒！」既爲長門弟子，留在凌霄城中而安然無恙，自然是參與叛師逆謀了。

阿綉叫了聲：「爹！」倒持佩劍，送了過去。

白萬劍微微一笑，說道：「乖女兒！」他迭遭橫逆，只有見到母親和女兒健在，才眞是十分喜慰之事。他一轉過頭來，臉上慈和之色立時換作了憎恨，目光中如欲噴出火來，向廖自礪喝道：「你這本門叛徒，再也非我長輩，接招罷！」唰的一劍，刺了過去。

李四倒轉長劍，輕輕擋過了白萬劍這一劍，將劍柄塞入廖自礪手中。

二人這一展開劍招，卻是性命相撲的眞鬥，各展平生絕藝，與適才成、齊、廖、梁的兒戲大不相同。雪山派第一代人物中，除白自在外，以廖自礪武功最高，他知白萬劍亟欲殺了自己，此刻出招那裏還有半分怠忽，一柄長劍使開來矯矢靈動，招招狠辣。白萬劍急於復仇雪恥，有些沉不住氣，貪於進攻，拆了三十餘招後，一劍直刺，力道用得老了，給廖自礪斜身閃過，還了一劍，嗤的一聲，削下他一片衣袖。

阿綉「啊」的一聲驚呼。史婆婆罵道：「小混蛋，跟老子一模一樣，老混蛋教出來的兒子，本來就沒多大用處。」

白萬劍心中一急，劍招更見散亂。廖自礪暗暗歡喜，獰笑道：「我早就說你是我手下敗將，難道還有假的？」他這句話，本想擾亂對方心神，由此取勝，不料弄巧成拙，白萬劍此次中原之行連遭挫折，令他增加了三分狠勁，聽得這譏諷之言，並不發怒，反深自收歛，連取了七招守勢。這七招一守，登時將戰局拉平，白萬劍劍招走上了綿密穩健的路子。

廖自礪繞著他身子急轉，口中嘲罵不停，劍光閃爍中，白萬劍一聲長嘯，唰唰唰連展三劍，第四劍青光閃處，嚓的一聲響，廖自礪左腿齊膝而斷，大聲慘呼，倒在血泊之中。

白萬劍長劍斜豎，指著齊自勉道：「你過來！」劍鋒上的血水一滴滴的掉在地下。齊自勉臉色慘白，手按劍柄，並不拔劍，過了一會才道：「你要做掌門人，自己……自己做好了，我不來跟你們爭。」

白萬劍目光向成自學、梁自進二人臉上掃去。成梁二個都搖了搖頭。

史婆婆忽道：「打敗幾名叛徒，又有甚麼了不起？」向石破天道：「徒兒，你去跟他比比，瞧是老混蛋的徒兒厲害，還是我的徒兒厲害。」

衆人聽了都大爲詫異：「石中玉這小子明明是封萬里的徒兒，怎麼是你的徒兒了？」

史婆婆喝道：「快上前！用刀不用劍，老混蛋教的劍法稀鬆平常，咱們的刀法可比他們厲害得多啦。」

石破天實不願與白萬劍比武，他是阿綉的父親，更不想得罪了他，只是一開口推卻，立時便會給張三、李四認出，當下倒提著單刀，站在史婆婆跟前，神色十分尷尬。

史婆婆喝道：「剛才我答允過你的事，你不想要了嗎？我要你立下一件大功，這事才算數。這件大功勞，就是去打敗這個老混蛋的徒兒。你倘若輸了，立即給我滾得遠遠的，永遠別想再見我一面，更別想再見阿綉。」

石破天伸左手搔了搔頭，大爲詫異：「原來師父叫我立件大功，卻是去打敗她的親生兒子。此事當眞奇怪之極。」臉上一片迷惘。

旁人卻都漸漸自以爲明白了其中原由：「史婆婆要這小子做上雪山派掌門，好到俠客島去送死，以免他親兒死於非命。」只白萬劍和阿綉二人，才眞正懂得她的用意。白自在和史婆婆這對夫妻都性如烈火，平時史婆婆對丈夫總還容讓三分，心中卻積忿已久。這次石中玉強暴阿綉不遂，害得阿綉失蹤，人人都以爲她跳崖身亡，白自在不但斬斷了封萬里的手臂，與史婆婆爭吵之下，盛怒中更打了妻子一個耳光。史婆婆大怒下山，湊巧在山谷深雪中救了阿綉，對這個耳光卻始終耿耿於心。她武功遠遠及不上丈夫，一口氣無處可出，立志要教個徒弟出來打敗自己兒子，那便是打敗白自在的徒弟，佔到丈夫上風。

不過白萬劍認定石破天是石中玉，更不知他是母親的徒兒，於其中過節又不及阿綉的全部了然，當下對石破天瞪目而視，滿臉鄙夷之色。

史婆婆道：「怎麼？你瞧他不起麼？這少年拜了我爲師，經我一番調教，已跟往日大不相同。現下你跟他比武，倘若你勝得了他，算你的師父老混蛋厲害；倘若你敗在他刀下，阿綉就是他的老婆了。」

白萬劍吃了一驚，道：「媽，此事萬萬不可，咱們阿綉豈能嫁這小子？」史婆婆笑道：「你若打敗了這小子，阿綉自然嫁他不成。否則你又怎能作得主？」白萬劍不禁暗暗有氣：「媽跟爹爹嘔氣，卻遷怒於我。你兒子若連這小子也鬥不過，當眞枉在世上爲人了。」

史婆婆見他臉有怒容，喝道：「你心中不服，那就提劍上啊。空發狠勁有甚麼用？」白萬劍道：「是！」向石破天道：「你進招罷。」

石破天向阿綉望了一眼，見她嬌羞之中又帶著幾分關切，心想：「師父說倘若我輸了，永遠不能再見阿綉之面。這場比武，那是非勝不可的。」於是單刀下垂，左手抱住右拳，微微躬身，使的是「金烏刀法」第一招「開門揖盜」。他不知「開門揖盜」是罵人的話，白萬劍更不知這一招的名稱，見他姿式倒也恭謹，哼了一聲，長劍遞出，勢挾勁風。

石破天揮刀擋開，還了一刀。他曾在紫煙島上以一柄爛柴刀和白萬劍交過手，待得白萬劍使出雪山派中最粗淺的入門功夫時，他便無法招架。後來得石清夫婦指點武學的道理，才明白動手之際實須隨機而施，不能拘泥於招式，雪山派這些入門練功的初步粗淺招式，自然舉手之間便能破去。此番和白萬劍再度交手，既再不如首次那麼見招出招，依樣葫蘆，而出刀之時，將石清夫婦所教的武術訣竅也融入其中。他內力到處，即是極平庸的招式，亦具極大威力，何況史婆婆與石清夫婦所教的皆是上乘功夫。

十餘招一過，白萬劍暗暗心驚：「這小子從那裏學到了這麼高明的刀法？」想起當日在紫煙島上，曾和那個今日做了長樂幫幫主的少年比武，那人自稱是金烏派的開山大弟子，兩人刀法依稀有些相似，但變幻之奇，卻遠遠不及眼前這個石中玉了，尋思：「這二人相貌相似，莫非出於一師所授。我娘說經過她一番調教，難道當眞是我娘所教的？」

史婆婆與白自在新婚不久，兩人談論武功，所見不合，便動手試招，史婆婆自然不敵。白自在隨即停手，自吹自擂一番。史婆婆恥於武功不及丈夫，此後再不顯示過一招半式，因此連白萬劍也絲毫不知母親的武功家數。

又拆數招，白萬劍橫劍削來，石破天舉刀擋格，噹的一聲，火光四濺，白萬劍只覺一股大力猛撞過來，震得他右臂酸麻，胸口劇痛，心下更是吃驚，不由得退了三步。

石破天並不追擊，轉頭向史婆婆瞧去，意思是問：「我這算是勝了罷？」

但白萬劍越遇勁敵，勇氣越增。阿綉既然無恙，本來對石中玉的切齒之恨已消了十之八九，但對他奸猾無行的鄙視之意卻未稍減，何況他是本門後輩，倘若輸在他手下，這口氣如何咽得下去？喝道：「小子，看劍！」搶上三步，挺劍刺出。待得石中玉舉刀招架，白萬劍不再和他兵刃相碰，立時變招，帶轉劍鋒，斜削敵喉。這一招「雪泥鴻爪」出劍部位極巧，發揮了雪山派劍法的絕藝。

張三讚道：「好劍法！」

石破天橫刀揮出，斫他手臂，用上了金烏刀法中的「踏雪尋梅」，正好是這一招雪山劍法的剋星。在雪地中踐踏而過，尋梅也好，尋狗也好，那還有甚麼雪泥鴻爪的痕跡？

張三又讚：「好刀法！」

二人越鬥越快，白萬劍勝在劍法純熟，石破天則在內力上大佔便宜。堪堪又拆了二十餘招，石破天挺刀中宮直進，勢道凌厲，白萬劍不及避讓，迫得橫劍擋格，只聽到喀的一聲，手中長劍竟給震斷。石破天立時收刀，向後退開。白萬劍臉色鐵青，從身旁雪山弟子手中搶過一柄長劍，又向石破天刺來。

石破天劇鬥漸酣，體內積蓄著的內力不斷生發出來，每一刀之出都令對方抵擋艱難，刀刃上更含了強勁無比的勁力，拆不上數招，喀的一聲，又將白萬劍的長劍震斷。白萬劍換劍再戰，第四招上又跟著斷了。白萬劍提著斷劍，大聲道：「你內力遠勝於我，招數上我卻未輸給你。」擲下斷劍，反手抓過一柄長劍，搶身又上。

石破天斜身閃開，只盼史婆婆下令罷鬥，不住向她瞧去，卻見她笑吟吟的甚有得色，又見阿綉站在婆婆身旁，眼光中卻大有關切擔憂之意。石破天心中驀地一動，想起當日在紫煙島上她曾諄諄叮囑，和人比武時不可趕盡殺絕，得饒人處且饒人：「大哥，武林人士大都甚是好名。一個成名人物給你打得重傷倒沒甚麼，但如敗在你的手下，往往比死還要難過。」眼見白萬劍臉色凝重，心想：「他是雪山派中大有名望之人，又是阿綉的爹爹，當著這許多人之前，我如將他打敗，豈不令他臉上無光？但如我輸了給他，師父又不許我再見阿綉。那便如何是好？是了，我使出阿綉教我的那招『旁敲側擊』，打個不勝不敗便是。」想及此處，腦中突然轉過一個念頭，登時恍然大悟：「那天我答允阿綉，與人比武之時決不趕盡殺絕，得饒人處且饒人，她感激不盡，竟向我下拜。當時她那一拜，自是爲著今日之戰了。若不是爲了她親生的爹爹，她何必向我下拜？那日她見到史婆婆所教我的刀法，已料到她父親多半不敵。」當下向左砍出一刀，又向右砍出一刀，胸口立時門戶大開。

白萬劍鬥得興起，斗見對方露出破綻，想也不想便挺劍中宮直進。

正在此時，石破天揮刀在身前虛劈而落。白萬劍長劍劍尖離他胸口尚有尺許，已觸到他這一刀下砍的內勁，只覺全身大震，如觸雷電，長劍只震得嗡嗡直響，顫動不已。

石破天又退了兩步，心想：「我已震斷他三柄長劍，若要打成平手，他也非震斷我的單刀不可。」一手上暗運內勁，喀喇一聲，單刀的刀刃已憑空斷爲兩截，倒似是讓白萬劍劍上的勁力震斷一般。

阿綉吁了一口氣，如釋重負，高聲叫道：「爹爹，大哥，你們兩人鬥成平手，誰也沒勝誰！」轉頭向石破天望去，嫣然一笑，心想：「你總算記得我從前說的話，體會到了我的用心。」郎君處事得體，對己情義深重，心下喜不自勝。

白萬劍臉上卻已全無血色，將手中長劍直插入地，沒入大半，向石破天道：「你手下容讓，我豈有不知？你沒叫我當衆出醜，足感盛情。」

史婆婆十分得意，說道：「孩兒，你不用難過。這路刀法是娘教他的，回頭我也一般的傳你便是。你輸了給他，便是輸了給娘，咱們娘兒還分甚麼彼此？」先前她一肚子怒火，是以「老混蛋」、「小混蛋」的罵個不休，待見石破天以金烏刀法打敗了他兒子，自己終於佔到了丈夫上風，大喜之下，便安慰起兒子來。

白萬劍啼笑皆非，只得道：「娘的刀法果然厲害，只怕孩兒太蠢，學不會。」

史婆婆走到他身邊，輕輕撫摸他頭髮，一臉愛憐橫溢的神氣，說道：「你比這傻小子聰明得多了，他學得會，你怎能學不會？」轉頭向石破天道：「快向你岳父磕頭賠罪。」

石破天一怔之下，這才會意，又驚又喜，忙向白萬劍磕下頭去。

白萬劍閃身避開，厲聲道：「且慢，此事容緩再議。」向史婆婆道：「娘，這小子武功雖高，爲人卻輕薄無行，莫要誤了阿綉的終身。」

只聽得李四朗聲道：「好了，好了！你招他做女婿也罷，不招也罷，咱們這杯喜酒，終究是不喝的了。我看雪山派之中，武功沒人能勝得了這小兄弟的。是不是便由他做掌門人？大家服是不服？」

白萬劍、成自學以及雪山羣弟子誰都沒有出聲，有的自忖武功不及，有的更盼他做了掌門人後，即刻便到俠客島去送死。大廳上寂靜一片，更無異議。

張三從懷中取出兩塊銅牌，笑道：「恭喜兄弟又做了雪山派掌門人，這兩塊銅牌便一併接過去罷！」說著左眼向著石破天眨了幾眨。

石破天一怔：「大哥認了我出來？我一句話也沒說，卻在那裏露出了破綻？」他那知張三、李四武功既高，見識自也高人一等，他雖不作一聲，言語舉止中並未露出破綻，但適才與白萬劍動手過招，刀法也還罷了，內力之強，卻是江湖上罕見罕聞。張三、李四曾和他賭飲毒酒，對他的內力極爲心折，豈有認不出之理？

石破天見銅牌遞到自己身前，心想：「反正我在長樂幫中已接過銅牌，一次是死，兩次也不過是死，再接一次，又有何妨？」正要伸手去接，忽聽史婆婆喝道：「且慢！」

石破天縮手回頭，瞧著史婆婆，只聽她道：「這雪山派掌門之位，言明全憑武功而決，算是你奪到了。不過我見老混蛋當了掌門人，狂妄自大，威風不可一世，我倒也想當當掌門人，過一過癮。孩兒，你將這掌門之位讓給我罷！」石破天愕然道：「我……

我讓給你？」

史婆婆此舉全是愛惜他與阿綉的一片至情厚意，不願他去俠客島送了性命。她自己風燭殘年，多活幾年，少活幾年，也沒甚麼分別，至於石破天在長樂幫中已接過銅牌之事，她卻一無所知，當下怒道：「怎麼？你不肯嗎？那麼咱們就比劃比劃，憑武功而定掌門。」石破天見她發怒，不敢再說，忙道：「是，是！」躬身退開。史婆婆哈哈一笑，說道：「我當雪山派的掌門，有誰不服？」

衆人面面相覷，均想這變故來得奇怪之極，但仍誰也不發一言。

史婆婆踏步上前，從張三手中接過兩塊銅牌，說道：「雪山派新任掌門人白門史氏，多謝貴島奉邀，定當於期前趕到便是。」

張三哈哈一笑，說道：「白老夫人，銅牌雖是你親手接了，但若威德先生待會跟你比武，又搶了過去，你這掌門人還是做不成罷？好罷，你夫婦待會再決勝敗，那一位武功高強，便是雪山派掌門人。」和李四相視一笑，轉身出了大門。

倏忽之間，只聽得兩人大笑之聲已在十餘丈外。

史婆婆居中往太師椅上一坐，冷冷的道：「將這些人身上的銬鐐都給打開了。」

梁自進道：「你憑甚麼發施號令？雪山派掌門大位，豈能如此兒戲的私相授受？」

成自學、齊自勉同聲附和：「你使刀不使劍，並非雪山派家數，怎能爲本派掌門？」

當張三、李四站在廳中之時，各人想的均是如何儘早送走這兩個煞星，只盼有人出頭答應赴俠客島送死，免了衆人的大劫。但二人一去，各人噩運已過，便即想到自己犯了叛逆重罪，眞由史婆婆來做掌門人，她定要追究報復，那可是性命攸關、非同小可之事。登時大廳之上許多人都鼓噪起來。

史婆婆道：「好罷，你們不服我做掌門，那也無妨。」雙手拿著那兩塊銅牌，叮叮噹噹的敲得直響，說道：「那一個想做掌門，想去俠客島喝臘八粥，儘管來拿銅牌好了。剛才那胖子說過，銅牌雖是我接的，雪山派掌門人之位，仍可再憑武功而定。」目光向成自學、齊自勉、梁自進各人臉上逐一掃去。各人都轉過了頭，不敢和她目光相觸。

封萬里道：「啓稟師娘：大夥兒犯上作亂，忤逆了師父，實在罪該萬死，但其中卻實有不得已的苦衷。」說著雙膝跪地，連連磕頭，說道：「師娘來做本派掌門，那是再好不過。師娘要殺弟子，弟子甘願領死，但請師娘赦了旁人之罪，以安衆人之心，免得本派之中再起自相殘殺的大禍。」

史婆婆道：「你師父脾氣不好，我豈有不知？他斷你一臂，就大大不該。到底此事如何而起，你且說來聽聽。」

封萬里又磕了兩個頭，說道：「自從師娘和白師弟、衆師弟下山之後，師父每日裏都大發脾氣。本門弟子受他老人家打罵，那是小事，大家受師門重恩，又怎敢生甚麼怨言？七八天前，忽有兩個老人前來拜訪師父，乃是兩兄弟。一個叫丁不三，一個叫丁不四。」

史婆婆一驚，顫聲問道：「丁不三……丁不四？這兩個死傢伙來幹甚麼？」

封萬里道：「這兩個老兒到凌霄城後，便和師父在書房中密談，說的是甚麼話，弟子們都不得知，只知道這兩個老傢伙得罪了師父，三人大聲爭吵起來。徒兒們心想師父何等身分，豈能親自出手料理這兩個來歷不明之輩，是以都守在書房之外，只待師父有命，便衝進去將這兩個老傢伙攆了出去。但聽得師父十分生氣，和那丁不四對罵，說甚麼『碧螺山』、『紫煙島』，又提到一個女子的名字，叫甚麼『小翠』的。」

史婆婆哼的一聲，臉色一沉，但想衆徒兒不知自己的閨名叫做小翠，說穿了反而不美，只問：「後來怎樣？」

封萬里道：「後來也不知如何動上了手，只聽得書房中掌風呼呼大作，大夥兒沒奉師父號令，也不敢進去。過了一會，牆壁一塊一塊的震了下來，我們才見到師父是在和丁不四動手，那丁不三卻袖手旁觀。兩人掌風激盪，將書房的四堵牆壁都震坍了。鬥了一會，丁不四終究不敵師父的神勇，給師父一拳打在胸口，吐了幾口鮮血。」史婆婆「啊」的一聲。

封萬里續道：「師父跟著又一掌拍去，那丁不三出手攔住，說道：『勝敗既分，還打甚麼？又不是甚麼不共戴天的大仇？咱兩兄弟也不聯手再鬥了。』扶著丁不四，兩個人就此出了凌霄城。」

史婆婆點點頭道：「他們走了？以後有沒再來？」

封萬里道：「這兩個老兒沒再來過，但師父卻從此神智有些失常，整日只哈哈大笑，自言自語：『丁不四這老賊以前就是我手下敗將，這一次總輸得服了罷？他說小翠曾隨他到過碧螺山上……』」史婆婆怒道：「胡說，那有此事？」封萬里道：「是，是，師父也說：『胡說，那有此事？這老賊明明騙人，小翠憑甚麼到他的碧螺山去？不過……別要聽信了他的花言巧語，一時拿不定主意……』」

史婆婆臉色鐵青，喝道：「老混蛋胡說八道，那有甚麼拿不定主意的？」封萬里不明其意，只得順口道：「是，是！」

史婆婆又問：「老混蛋又說了些甚麼？」封萬里道：「你老人家問的是師父？」史婆婆道：「自然是了。」封萬里道：「師父從此心事重重，老是說：『她去了碧螺山沒有？一定沒去。可是她一個人浪蕩江湖，寂寞無聊之際，過去聊聊天，那也難說得很，難說得很。說不定舊情未忘，藕斷絲連。』」

史婆婆又哼了一聲，罵道：「放屁！放屁！」

封萬里跪在地下，神色甚是尷尬，倘若應一聲「是」，便承認師父的話是「放屁」。

史婆婆道：「你站起來再說，後來又怎樣？」

封萬里磕了個頭，道：「多謝師娘。」站起身來，說道：「又過了兩天，師父忽然不住的高聲大笑，見了人便問：『你說普天之下，誰的武功最高？』大夥兒總答：『自然是咱們雪山派掌門人最高。』瞧師父的神情，和往日實在大不相同。他有時又問：『我的武功怎樣高法？』大夥兒總答：『掌門人內力既獨步天下，劍法更當世無敵，其實掌門人根本不必用劍，便已打遍天下無敵手了。』他聽我們這樣回答，便笑笑不作聲，顯得很是高興。這天他在院子中撞到陸師弟，問他：『我的武功和少林派的普法大師相比，到底誰高？』陸師弟如何回答，我們都沒聽見，只是後來見到他腦袋給師父一掌打得稀爛，死在當地。」

史婆婆嘆了口氣，神色黯然，說道：「阿陸這孩子本來就是憨頭憨腦的，卻又怎知是你師父下的手？」

封萬里道：「我們見陸師弟死得很慘，只道凌霄城中有敵入侵，忙去稟告師父。那知師父卻哈哈大笑，說道：『該死，死得好！我問他，我和少林派普法大師二人，到底武功誰高？這小子說道，自從少林派掌門人妙諦大師死在俠客島上之後，聽說少林寺中以普法大師武功居首。這話是不錯的，可是他跟著便胡說八道了，說甚麼本派武功長於劍招變幻，少林武功卻博大精深，七十二門絕技俱有高深造詣。以劍法而言，本派勝於少林，以總的武功來說，少林開派千餘年，能人輩出，或許會較本派所得爲多。』」

史婆婆道：「這麼回答很不錯啊，阿陸這孩子，幾時學得口齒這般伶俐了？就算以劍法而論，雪山劍法也不見得便在人家達摩劍法之上。嗯，那老混蛋又怎麼說？」

封萬里道：「師娘斥罵師父，弟子不敢接口。」史婆婆怒道：「這會兒你倒又尊敬起師父來啦！哼，我沒上凌霄城之時，怎麼又敢勾結叛徒，忤逆師父？」封萬里雙膝跪地，磕頭道：「弟子罪該萬死。」

史婆婆道：「哼，老混蛋門下，個個都是萬字排行，人人都有個挺會臭美的好字眼，依我說，個個罪該萬死，都該叫作萬死才是，封萬死、白萬死、耿萬死、王萬死、柯萬死、呼延萬死、花萬死……」她每說一個名字，眼光便逐一射向衆弟子臉上。耿萬鍾、王萬仞等未能救得師哥，長門全體受制，都內心有愧，低下頭去。史婆婆喝道：「起來，後來你師父又怎樣說？」

封萬里道：「是！」站起身來，續道：「師父說道：『這小子說本派和少林派武功各有千秋，便是說我和普法這禿驢難分上下了，該死，該死！我威德先生白自在不但武功天下無雙，而且上下五千年，縱橫數萬里，古往今來，沒一個及得上我。』」

史婆婆罵道：「呸，大言不慚。」

封萬里道：「我們看師父說這些話時，神智已有點兒失常，作不得眞的。好在這裏都是自己人，否則傳了出去，只怕給別派武師們當作笑柄。當時大夥兒面面相覷，誰都不敢說甚麼。師父怒道：『你們都是啞巴麼？爲甚麼不說話？我的話不對，是不是？』他指著蘇師弟問道：『萬虹，你說師父的話對不對？』蘇師弟只得答道：『師父的話，當然是對的。』師父怒道：『對就是對，錯就是錯，有甚麼當然不當然的。我問你，師父的武功高到怎樣？』蘇師弟戰戰兢兢的道：『師父的武功深不可測，古往今來，唯師父一人而已。本派的武功全在師父一人手中發揚光大。』師父卻又大發脾氣，喝道：『依你這麼說，我的功夫都是從本派前人手中學來的了？你錯了，壓根兒錯了。雪山派所有功夫，全是我自己獨創的。甚麼祖師爺開創雪山派，都是騙人的鬼話。祖師爺傳下來的劍譜、拳譜，大家都見過了，有沒有我的武功高明？』蘇師弟只得道：『恐怕還不及師父高明。』」

史婆婆嘆道：「你師父狂妄自大的性子由來已久，他自三十歲上當了本派掌門，此後一直沒遇上勝過他的對手，便自以爲武功天下第一，說到少林、武當這些名門大派之時，他總是不以爲然，說是浪得虛名，何足道哉。想不到這狂妄自大的性子愈來愈厲害，竟連創派祖師爺也不瞧在眼裏了。萬虹這孩子恁地沒骨氣，爲了附和師父，連祖師爺也敢誹謗？」

封萬里道：「師娘，你再也想不到，師父一聽此言，手起一掌，便將蘇師弟擊出數丈之外，登時便取了他的性命，罵道：『不及便是不及，有甚麼恐怕不恐怕的？』」

史婆婆喝道：「胡說八道，老混蛋就算再胡塗十倍，也不至於爲了『恐怕』二字，便殺了他心愛的弟子！」

封萬里道：「師娘明鑒：師父他老人家平日對大夥兒恩重如山，弟子說甚麼也不敢造謠胡說。這件事有二十餘人親眼目睹，師娘一問便知。」

史婆婆目光射向其餘留在凌霄城的長門弟子臉上，這些人齊聲說道：「當時情形確是這樣，封師哥並無虛言。」史婆婆連連搖頭嘆氣，說道：「這樣的事怎能教人相信？那不是發瘋嗎？」封萬里道：「師父他老人家確是有了病，神智不大清楚。」史婆婆道：「那你們就該延醫給他診治才是啊。」

封萬里道：「弟子等當時也就這麼想，只不敢自專，和幾位師叔商議了，請了城裏最高明的南大夫和戴大夫兩位給師父看脈。師父一見到，就問他們來幹甚麼。兩位大夫不敢直言，只說聽說師父飲食有些違和，他們在城中久蒙師父照顧，一來感激，二來關切，特來探望。師父即說自己沒有病，反問他們：『可知道古往今來，武功最高強的是誰？』南大夫道：『小人於武學一道，一竅不通，在威德先生面前談論，豈不是孔夫子門前讀孝經，魯班門前弄大斧？』師父哈哈一笑，說道：『班門弄斧，那也不妨。你倒說來聽聽。』南大夫道：『向來只聽說少林派是武林中的泰山北斗，達摩祖師一葦渡江，開創少林一派，想必是古往今來武功最高之人了。』」

史婆婆點頭道：「這南大夫說得很得體啊。」

封萬里道：「可是師父一聽之下，卻大大不快，怒道：『那達摩是西域天竺之人，乃蠻夷戎狄之類，你把一個胡人說得如此厲害，豈不是滅了我堂堂中華的威風？』南大夫甚是惶恐，道：『是，是，小人知罪了。』我師父又問那戴大夫，要他來說。戴大夫眼見南大夫碰了個大釘子，如何敢提少林派，便道：『聽說武當派創派祖師張三丰武術通神，所創的內家拳掌尤在少林派之上。依小人之見，達摩祖師乃是胡人，殊不足道，張三丰祖師才算得是古往今來武林中的第一人。』」

史婆婆道：「少林、武當兩大門派，武功各有千秋，不能說武當便勝過了少林。但張三丰祖師是數百年來武林中震鑠古今的大宗師，又是我中華上國之人，那是絕無疑義的。」

封萬里道：「師父本坐在椅上，聽了這番話後，霍地站起，說道：『你說張三丰所創的內家拳掌了不起？在我眼中瞧來，卻也稀鬆平常。以他武當長拳而論，這一招虛中有實，我只須這麼拆，這麼打，便即破了。又如太極拳的「野馬分鬃」，我只須這裏一勾，那裏一腳踢去，立時便叫他倒在地下，變成「野馬失蹄」。他武當派的太極劍，更怎是我雪山派劍法的對手？』師父一面說，一面比劃，掌風呼呼，只嚇得兩名大夫面無人色。我們衆弟子在門外瞧著，誰也不敢進去勸解。師父連比了數十招，問道：『我這些功夫，比之禿驢達摩、牛鼻子張三丰，卻又如何？』南大夫只道：『這個……這個……』戴大夫卻道：『咱二人只會治病，不會武功。威德先生既如此說，說不定你老先生的武功，比達摩和張三丰還厲害些。』」

史婆婆罵道：「不要臉！」也不知這三個字是罵戴大夫，還是罵白自在。

封萬里道：「師父當即怒罵：『我比劃了這幾十招，你還是信不過我的話，「說不定」三字，當眞欺人太甚！』提起手掌，登時將兩位大夫擊斃在房中。」

史婆婆聽了這番言語，不由得冷了半截，眼見雪山派門下個個面有不以爲然之色，兒子白萬劍含羞帶愧，垂下了頭，心想：「本派門規第三條，不得傷害不會武功之人；第四條，不得傷害無辜。老混蛋濫殺本門弟子，已令衆人大爲不滿，再殺這兩個大夫，更加大犯門規，如何能再爲本派掌門？」

只聽封萬里又道：「師父當下開門出房，見我們神色有異，便道：『你們古古怪怪的瞧著我幹麼？哼，心裏在罵我壞了門規，是不是？雪山派的門規是誰定的？是天上掉下來的，還是凡人定出來的？既是由人所定，爲甚麼便更改不得？制訂這十條門規的祖師爺倘若今日還不死，一樣鬥我不過，給我將掌門人搶了過來，照樣要他聽我號令！』

他指著燕師弟鼻子說道：『老七，你倒說說看，古往今來，誰的武功最高？』

「燕師弟性子十分倔強，說道：『弟子不知道！』師父大怒，提高了聲音又問：『爲甚麼不知道？』燕師弟道：『師父沒教過，因此弟子不知道。』師父道：『好，我現在教你：雪山派掌門人威德先生白自在，是古往今來劍法第一、拳腳第一、內功第一、暗器第一的大英雄、大豪傑、大俠士、大宗師！你且唸一遍來我聽。』燕師弟道：『弟子笨得很，記不住這麼一連串的話！』師父提起手掌，怒喝：『你唸是不唸？』燕師弟悻悻的道：『弟子照唸便是。雪山派掌門人威德先生白老爺子自己說，他是古往今來劍法第一……』師父不等他唸完，便已一掌擊在他的腦門，喝道：『你加上「自己說」三字，那是甚麼用意？你當我沒聽見嗎？』燕師弟給他這麼一掌，自是腦漿迸裂而死。餘下衆人便有天大的膽子，也只得順著師父之意，一個個唸道：『雪山派掌門人威德先生白老爺子，是古往今來劍法第一、拳腳第一、內功第一、暗器第一的大英雄、大豪傑、大俠士、大宗師！』要唸得一字不錯，師父才放我們走。

「這樣一來，人人都敢怒而不敢言。第二日，我們爲三位師弟和兩位大夫大殮出殯，師父卻來大鬧靈堂，把五個死者的靈位都踢翻了。杜師弟大著膽子上前相勸，師父順手抄起一塊靈牌，將他的一條腿生生削了下來。這天晚上，便有七名師弟不別而行。大夥兒眼見雪山派已成瓦解冰消的局面，人人自危，都覺師父的手掌隨時都會拍到自己天靈蓋上，迫不得已，這才商議定當，偷偷在師父的飲食中下了迷藥，將他老人家迷倒，在手足加上銬鐐。我們此舉犯上作亂，確是罪孽重大之極，今後如何處置，任憑師娘作主。」他說完後，向史婆婆一躬身，退入人叢。

史婆婆呆了半晌，想起丈夫一世英雄，臨到老來竟如此昏庸胡塗，不由得眼圈兒紅了，淚水便欲奪眶而出，顫聲問道：「萬里的言語之中，可有甚麼誇張過火、不盡不實之處？」問了這句話，淚水已涔涔而下。

衆人都不說話。隔了良久，成自學才道：「師嫂，實情確是如此。我們若再騙你，豈不是罪上加罪？」

史婆婆厲聲道：「就算你掌門師兄神智昏迷，濫殺無辜，你們聯手將他廢了，那如何連萬劍等一干人從中原歸來，你們竟也暗算加害？爲何要將長門弟子盡皆除滅，下這斬草除根的毒手？」

齊自勉道：「小弟並不贊成加害掌門師哥和長門弟子，以此與廖師弟激烈爭辯，爲此還廝殺動手。師嫂想必也已聽到見到。」

史婆婆抬頭出神，淚水不絕從臉頰流下，長長嘆了口氣，說道：「這叫做一不作，二不休，事已如此，須怪大家不得。」

廖自礪自遭白萬劍砍斷一腿後，傷口血流如注，這人也眞硬氣，竟一聲不哼，自點穴道止血，勉力撕下衣襟來包紮傷處。他的親傳弟子畏禍，卻沒一人過來相救。

史婆婆先前聽他力主殺害白自在與長門弟子，對他好生痛恨，但聽得封萬里陳述情由之後，才明白禍變之起，實發端於自己丈夫，不由得心腸頓軟，向四支的衆弟子喝道：「你們這些畜生，眼見自己師父身受重傷，竟都袖手旁觀，還算得是人麼？」

四支的羣弟子這才搶將過去，爭著爲廖自礪包紮斷腿。其餘衆人心頭也都落下了一塊大石，均想：「她連廖自礪也都饒了，我們的罪名更輕，當無大礙。」當下有人取過鑰匙，將耿萬鍾、王萬仞、汪萬翼、花萬紫等人的銬鐐都打開了。

史婆婆道：「掌門人一時神智失常，行爲不當，你們該得設法勸諫才是，卻幹下了這等犯上作亂的大事，終究是大違門規。此事如何了結，我也拿不出主意。咱們第一步，只有將掌門人放出來，和他商議商議。」衆人一聽，無不臉色大變，均想：「這凶神惡煞身脫牢籠，大夥兒那裏還有命在？」各人你瞧瞧我，我瞧瞧你，誰也不敢作聲。

史婆婆怒道：「怎麼？你們要將他關一輩子嗎？你們作的惡還嫌不夠？」

成自學道：「師嫂，眼下雪山派的掌門人是你，須不是白師哥。白師哥當然是要放的，但總得先設法治好他的病，否則……否則……」史婆婆厲聲喝道：「否則怎樣？」

成自學道：「小弟得罪了他，無顏再見白師哥之面，這就告辭。」說著深深一揖。齊自勉、梁自進也道：「師嫂倘若寬宏大量，饒了大夥兒，我們這就下山，終身不敢再踏進凌霄城一步，在外面也決不敢自稱是雪山派弟子，免得墮了雪山派的威名。」

史婆婆心想：「這些人怕老混蛋出來後跟他們算帳，那也是情理之常。大夥兒若一鬨而散，凌霄城只賸下一座空城，還成甚麼雪山派？」便道：「好！那也不必忙於一時，我先瞧瞧他去，若無妥善的法子，決不輕易放他便了。」

成自學、齊自勉、梁自進相互瞧了一眼，均想：「你夫妻情深，自是偏向著他。好在兩條腿生在我們身上，你眞要放這老瘋子，我們難道不會逃嗎？」

史婆婆道：「劍兒，阿綉！」再向石破天道：「億刀，你們三個都跟我來。」又向成自學等三人道：「請三位師弟帶路，也好在牢外聽我和他說話，免得大家放心不下。說不定我和他定下甚麼陰謀，將你們一網打盡呢。」

成自學道：「小弟豈敢如此多心？」他話是這麼說，畢竟這件事生死攸關，還是和齊自勉、梁自進一齊跟出。廖自礪向本支一名精靈弟子努了努嘴。那人會意，也跟在後面。

一行人穿廳過廊，行了好一會，到了石破天先前被禁之所。成自學走到囚禁那老者的所在，說道：「就在這裏！一切請掌門人多多擔待。」

石破天先前在大廳上聽眾人說話，已猜想石牢中的老者便是白自在，果然所料不錯。

成自學自身邊取出鑰匙，去開石牢之門，那知一轉之下，鐵鎖早已爲人打開。他「咦」的一聲，只嚇得面無人色，心想：「鐵鎖已開，老瘋子已經出來了。」雙手發抖，竟不敢去推石門。

史婆婆用力一推，石門應手而開。成自學、齊自勉、梁自進三人不約而同的退出數步。只見石室中空無一人，成自學叫道：「糟啦，糟啦！給他……給他逃了！」一言出口，立即想起這只是石牢的外間，要再開一道門才是牢房的所在。他右手發抖，提著的一串鑰匙叮噹作響，不敢去開第二道石門。

石破天本想跟他說：「這扇門也早給我開了鎖。」但想自己在裝啞巴，總是以少說話爲妙，便不作聲。

史婆婆搶過鑰匙，插入匙孔中一轉，發覺這道石門也已打開，只道丈夫確已脫身而出，不由得反增了幾分憂慮：「他腦子有病，倘若逃出了凌霄城去，在江湖上不知要闖出多大的禍來。」推門之時，一雙手也不禁發抖。

石門只推開數寸，便聽得一個蒼老的聲音在哈哈大笑。

衆人都吁了一口氣，如釋重負。只聽得白自在狂笑一陣，大聲道：「甚麼少林派、武當派，這些門派的功夫又有屁用？從今兒起，武林之中，人人都須改學雪山派武功，其他任何門派，一概都要取消。大家聽見了沒有？普天之下，做官的以皇帝爲尊，讀書人以孔夫子爲尊，做和尚的以釋迦牟尼爲尊，做道士的以太上老君爲尊，說到刀劍拳腳，便是我威德先生白自在爲尊。那一個不服，我便把他腦袋揪下來。」

史婆婆又將門推開數寸，在黯淡的微光之中，只見丈夫手足受銬，全身繞了鐵鍊，縛在兩根巨大的石柱之間，不禁心中一酸。

白自在乍見妻子，呆了一呆，隨即笑道：「很好，很好！你回來啦。現下武林中人人奉我爲尊，雪山派君臨天下，其他各家各派，一概取消。你瞧好是不好？」

史婆婆冷冷的道：「好得很啊！但不知爲何各家各派都要一概取消？」

白自在笑道：「你的腦筋又轉不過來了。雪山派武功最高，各家各派誰也比不上，自然非取消不可了。」

史婆婆將阿綉拉到身前，道：「你瞧，是誰回來了？」她知丈夫最疼愛這個小孫女，此次神智失常，便因阿綉墮崖而起，盼他見到孫女兒後，心中一歡喜，這失心瘋的毛病便得痊愈。阿綉叫道：「爺爺，我回來啦，我沒死，我掉在山谷底的雪裏，幸得婆婆救了上來。」

白自在向她瞧了一眼，說道：「很好，你是阿綉。你沒死，爺爺歡喜得很。阿綉，乖寶，你可知當今之世，誰的武功最高？誰是武林至尊？」阿綉低聲道：「當然是爺爺！」白自在哈哈大笑，說道：「阿綉眞乖！」

白萬劍搶上兩步，說道：「爹爹，孩兒來得遲了，累得爹爹爲小人所欺。讓孩兒給你開鎖。」成自學等在門外登時臉如土色，只待白萬劍上前開鎖，大夥兒立即轉身便逃。

卻聽白自在喝道：「走開！誰要你來開鎖？這些足鐐手銬，在你爹爹眼中，便如朽木爛泥一般，我只須輕輕一掙便掙脫了。我只是不愛掙，自願在這裏閉目養神、圖個清靜而已。我白自在縱橫天下，便數千數萬人一起過來，也傷不了你爹爹的一根毫毛，又怎有人能鎖得住我？」

白萬劍道：「是，爹爹天下無敵，當然沒人能奈何得了爹爹。此刻母親和阿綉歸來，大家很歡喜，便請爹爹同到堂上，喝幾杯團圓酒。」說著拿起鑰匙，便要去開他手銬。白自在怒道：「我叫你走開，你便走開！我手腳上戴了這些玩意兒，很是有趣，你難道以爲我自己弄不掉麼？快走！」

這「快走」二字喝得甚響，白萬劍吃驚，全身劇顫，噹的一聲，將一串鑰匙掉在地下，退了兩步。他知父親以顏面攸關，不許旁人助他脫離，是以假作失驚，掉了鑰匙。

成自學等本在外間竊聽，聽得白自在這麼一聲大喝，忍不住都在門邊探頭探腦的窺看。白自在喝道：「你們見了我，爲甚麼不請安？那一個是當世第一的大英雄、大豪傑？」

成自學尋思：「他此刻給縛在石柱上，自亦不必怕他，但師嫂終究會放了他，不如及早討好，免惹日後殺身之禍。」便躬身道：「雪山派掌門人白老爺子，是古往今來劍法第一、拳腳第一、內功第一、暗器第一的大英雄、大豪傑、大俠士、大宗師。」梁自進忙接著道：「白老爺子既爲雪山派掌門，甚麼少林、武當、峨嵋、崑崙，任何門派都應取消。普天之下，唯白老爺子一人獨尊，唯雪山派一派獨存。」齊自勉和四支的那弟子跟著也說了不少諂諛之言。

白自在洋洋自得，點頭微笑。

史婆婆大感羞愧，心想：「這老兒說他發瘋，卻又未必。他見到我和劍兒、阿綉，一個個都認得淸淸楚楚，只狂妄自大，到了難以救藥的地步，這便如何是好？」

白自在突然抬頭，問史婆婆道：「丁家老四前幾日到來，向我自鳴得意，說你到了碧螺山去看他，跟他在一起盤桓了數日，可有此事？」

史婆婆怒道：「你又沒眞的發了瘋，怎地相信這傢伙的胡說八道？」阿綉道：「爺爺，那丁不四確是想逼奶奶到他碧螺山去，他乘人之危，奶奶寧可投江自盡，也不肯去。」白自在微笑說道：「很好，很好，我白自在的夫人，怎能受人之辱？後來怎樣？」阿綉道：「後來，後來……」手指石破天道：「幸虧這位大哥出手相助，才將丁不四趕跑了。」

白自在向石破天斜睨一眼，石牢中沒甚光亮，沒認出他是石中玉，但知他便是適才想來救自己出去的少年，心中微有好感，點頭道：「這小子的功夫還算可以。雖然跟我相比還差著這麼一大截兒，但要趕跑丁不四，倒也夠了。」

史婆婆忍無可忍，大聲道：「你吹甚麼大氣？甚麼雪山派天下第一，當眞胡說八道。這孩兒是我徒兒，是我一手親傳的弟子，我的徒兒比你的徒兒功夫就強得多。」

白自在哈哈大笑，說道：「荒唐，荒唐！你有甚麼本領能勝得過我的？」

史婆婆道：「劍兒是你調教的徒兒，你這許多徒弟之中，劍兒的武功最強，是不是？劍兒，你向你師父說，是我的徒兒強，還是他的徒兒強？」

白萬劍道：「這個……這個……」他在父親積威之下，不敢直說拂逆他心意的言語。

白自在笑道：「你的徒兒，豈能是我徒兒的對手？劍兒，你娘這可不是胡說八道嗎？」白萬劍是個直性漢子，贏便是贏，輸便是輸，旣曾敗在石破天手底，豈能不認？說道：「孩兒無能，適才跟這小子動手過招，確是敵他不過。」

白自在陡然跳起，將全身鐵鍊扯得嗆啷直響，叫道：「反了，反了！那有此事？」

史婆婆和他做了幾十年夫妻，對他心思此刻已明白了十之八九，尋思：「老混蛋自以爲武功天下無敵，在凌霄城中自大稱王，給丁不四一激之後，就此半瘋不瘋。常言道：心病還須心藥醫。教他遇上個強過他的對手，挫折一下他的狂氣，說不定這瘋病倒可治好了。只可惜張三、李四已去，否則請他二人來治治這瘋病，倒是一劑對症良藥。

不得已求其次，我這徒兒武功雖不高，內力卻遠在老混蛋之上，何不激他一激？」便道：「甚麼古往今來武功第一、內功第一，當眞不怕羞。單以內力而論，我這徒兒便勝得你多了。」

白自在仰天狂笑，說道：「便是達摩和張三丰復生，也不是白老爺子的對手。這個乳臭未乾的黃口小兒，只須能有我內力三成，那也足以威震武林了。」史婆婆冷笑道：「大言不慚，當眞令天下人齒冷。你倒跟他比拚一下內力試試。」白自在笑道：「這小子怎配跟我動手？好罷，我只用一隻手，便翻他三個觔斗。」

史婆婆知道丈夫武功了得，當眞比試，只怕他傷了石破天性命，他能說這一句話，正是求之不得，便道：「這少年是我的徒兒，又是阿綉沒過門的女婿，便是你的孫女婿。你們比只管比，卻誰也不許眞的傷了誰。」

白自在笑道：「他想做我孫女婿麼？那也得瞧他配不配。好，我不傷他性命便是。」忽聽得腳步聲響，一人匆匆來到石牢之外，高聲說道：「啓稟掌門人，長樂幫幫主石破天，會同摩天居士謝煙客，將石清夫婦救了出去，正在大廳上索戰。」卻是耿萬鍾的聲音。

白自在和史婆婆同聲驚噫，不約而同的道：「摩天居士謝煙客？」

石破天得悉石清夫婦無恙，已脫險境，登感寬心，石中玉既然來到，自己這個冒牌貨卻要拆穿了，謝煙客多時不見，想到能和他見面，甚是歡喜。

史婆婆道：「咱們和長樂幫、謝煙客素無瓜葛，他們來生甚麼事？是石清夫婦約來的幫手麼？」耿萬鍾道：「那石破天好生無禮，說道他看中了咱們的凌霄城，要咱們都……都搬出去讓給他。」

白自在怒道：「放他的狗屁！長樂幫是甚麼東西？石破天又是甚麼東西？他長樂幫來了多少人？」

耿萬鍾道：「他們一起只五個人，除了石清夫婦倆、謝煙客和石破天之外，還有一個年輕姑娘，說是丁不三的孫女兒。」

石破天聽得丁璫也到了，不禁眉頭一皺，側眼向阿綉瞧去，只見她一雙妙眼正凝視著自己，不由得臉上一紅，轉開了頭，心想：「她叫我冒充石中玉，好救石莊主夫婦的性命，怎麼她自己又和石中玉來了？是了，想必她和石中玉放心不下，怕我吃虧，說不定在凌霄城中送了性命，是以冒險前來相救。謝先生當然是爲救我而來的了。」

白自在道：「區區五人，何足道哉？你有沒跟他們說：凌霄城城主、雪山派掌門人白老爺子，是古往今來劍法第一、拳腳第一、內功第一、暗器第一的大英雄、大豪傑、大俠士、大宗師？」

耿萬鍾道：「這個……這個……他們既是武林中人，自必久聞師父的威名。」

白自在道：「是啊，這可奇了！既知我的威名，怎麼又敢到凌霄城來惹是生非？啊，是了！我在這石室中小隱，以避俗事，想必已傳遍了天下。大家都以爲白老爺子金盆洗手，不再言武，是以欺上門來了。嘿嘿！你瞧，你師父這棵大樹一不遮蔭，你們立刻便糟啦。」

史婆婆怒道：「你自個兒在這裏臭美罷！大夥兒跟我出去瞧瞧。」說著快步而出。白萬劍、成自學等都跟了出去。

石破天正要跟著出去，忽聽得白自在叫道：「你這小子留著，我來教訓教訓你。」石破天停步，轉過身來。阿綉本已走到門邊，關心石破天的安危，也退了回來，她想爺爺半瘋不瘋，和石破天比試內力，只怕下手不分輕重而殺了他，自己功力不濟，危急之際卻無法出手解救，叫道：「奶奶，爺爺眞的要跟……跟他比試呢！」

史婆婆回過頭來，對白自在道：「你要是傷了我徒兒性命，我這就上碧螺山去，一輩子也不回來了。」白自在大怒，叫道：「你……你說去那裏？」

史婆婆更不理睬，揚長出了石牢，反手帶上石門，牢中登時黑漆一團。

阿綉俯身拾起白自在腳邊的鑰匙，給爺爺打開了足鐐手銬，說道：「爺爺，你就教他幾招武功罷。他沒練過多少功夫，本領是很差的。」

白自在大樂，笑道：「好，我只須教他幾招，他便終身受用不盡。」

石破天一聽，正合心意，他聽白自在不住口的自稱甚麼「古往今來拳腳第一」云云，自己當然鬥他不過，由「比劃」改爲「教招」，自是求之不得，忙道：「多謝老爺子指點。」

白自在笑道：「很好，我教你幾招最粗淺的功夫，深一些的，諒你也難以領會。」

阿綉退到門邊，推開牢門，石牢中又明亮了起來。石破天陡見白自在站直了身子，幾乎比自己高一個頭，神威凜凜，直如天神一般，對他更增敬畏，不由自主的退了兩步。

白自在笑道：「不用怕，不用怕，爺爺不會傷你。你瞧著，我這麼伸手，揪住你的後頸，便摔你一個觔……」右手一探，果然已揪住了石破天後頸。

這一下出手既快，方位又奇，石破天如何避得，只覺他手上力道大得出奇，給他一揪之下，身子便欲騰空而起，忙凝力穩住，右臂揮出，格開他手臂。

白自在這一下明明已揪住他後頸要穴，豈知運力一提之下，石破天起而復墮，竟沒能將他提起，同時右臂給他一格，只覺臂上酸麻，只得放開了手。他「噫」的一聲，心想：「這小子的內力果然了得。」左手探出，又已抓住他胸口，順勢一甩，卻仍沒能拖動他身子。

這第二下石破天本來早有提防，存心閃避，可是終究還是讓他一出手便即抓住，心下好生佩服，讚道：「老爺子果然了得，這兩下便比丁不四爺爺厲害得多。」

白自在本已暗自慚愧，聽他說自己比丁不四厲害得多，又高興起來，說道：「丁不四如何是我對手？」左腳隨即絆去，石破天身子一晃，沒給他絆倒。

白自在一揪、一抓、一絆，接連三招，號稱「神倒鬼跌三連環」，實是他生平的得意絕技，那裏是甚麼粗淺功夫了？數十年來，不知有多少成名的英雄好漢曾栽在這三連環之下，那知此刻這三招每一招雖都得手，但碰上石破天渾厚無比的內力，竟一招也不能奏效。

那日他和丁氏兄弟會面，聽丁不四言道史婆婆曾到碧螺山盤桓數日，又妒又怒，竟至神智失常，今日見到愛妻歸來，得知碧螺山之行全屬虛妄，又見到了阿綉，心中一喜，瘋病已然好了大半，但「武功天下第一」的念頭，自己一直深信不疑，此刻連環三招居然摔不倒這少年，怒火上升，腦筋又胡塗起來，呼的一掌，向他當胸拍去，竟然使出了三四成力道。

石破天見掌勢兇猛，左臂橫擋，格了開去。白自在左拳隨即擊出，石破天閃身欲避，但白自在這一拳來勢奇妙，砰的一聲，已擊中他的右肩。

阿綉「啊」的一聲驚呼。石破天安慰她道：「不用躭心，我也不大痛。」

白自在怒道：「好小子，你不痛？再吃我一拳。」這一拳給石破天伸手格開。白自在連續四拳，第四拳拳中夾腿，終於踢中石破天的左胯。

阿綉見他二人越鬥越快，白自在發出的拳腳，石破天只能擋架得一半，另有一半都打在他身上，初時十分擔憂，只叫：「爺爺，手下留情！」但見石破天臉色平和，並無痛楚之狀，又略寬懷。

白自在在石破天身上連打十餘下，初時還記得妻子之言，只使三四成力道，生怕打傷了他，但不論是拳是掌，打在他身上，石破天都不過身子一晃，便若無其事的承受了去。

白自在又驚又怒，出手漸重，可是說也奇怪，自己儘管加力，始終沒法將對方擊倒。他吼叫連連，終於將全身勁力都使了出來。霎時之間，石牢中拳腳生風，只激得石柱上的鐵鍊叮叮噹噹響個不停。

阿綉但覺呼吸爲艱，雖已貼身於門背，仍難忍受，只得推開牢門，走到外間。她眼見爺爺一拳一掌的打在石破天身上，不忍多看，反手帶上石門，雙手合什，暗暗禱告：「老天爺保佑，別讓他二人這場打鬥生出事來，最好是不分勝敗，兩家罷手。」

只覺背脊所靠的石門不住搖晃，鐵鍊撞擊之聲愈來愈響，她腦子有些暈眩，倒似足底下的地面也有些搖動了。也不知過了多少時候，突然之間，石門不再搖晃，鐵鍊聲也已止歇。

阿綉貼耳門上，石牢中竟半點聲息也無，這一片寂靜，令她比之聽到天翻地覆的打鬥之聲更加驚恐：「倘若爺爺勝了，他定會得意洋洋，哈哈大笑。如是石郎得勝，他定然會推門出來叫我，怎麼一點聲音也沒有？難道有人身受重傷？莫非兩人都力竭而死？」

她全身發抖，伸手緩緩推開石門，雙目緊閉，不敢去看牢中情形，唯恐一睜開眼來，見到有一人屍橫就地，甚至是兩人都嘔血身亡。又隔了一會，這才眼睜一線，只見白自在和石破天二人都坐在地下，白自在雙目緊閉，石破天卻臉露微笑的向著自己。

阿綉「哦」的一聲，長吁了口氣，睜大雙眼，看清楚石破天伸出右掌，按住白自在的後心，原來是在助他運氣療傷。阿綉道：「爺爺……受了傷？」石破天道：「沒受傷。他一口氣轉不過來，一會兒就好了！」阿綉右手撫胸，說道：「謝天謝……」

突然之間，白自在一躍而起，喝道：「甚麼一口氣轉不過來，我……我這口氣可不是轉過來了麼？」伸掌又要向石破天頭頂擊落，猛覺一雙手掌疼痛難當，提掌看時，但見雙掌已腫成兩個圓球相似，紅得幾乎成了紫色，這一掌若打在石破天身上，只怕自己的手掌非先破裂不可。

他一怔之下，已明其理，原來眼前這小子內力之強，當眞匪夷所思，自己數十招拳掌招呼在他身上，都給他內力反彈出來，每一拳每一掌都如擊在石牆之上，對方未曾受傷，自己的手掌卻抵受不住了，跟著覺得雙腳隱隱作痛，便如有數千萬根細針不斷鑽刺，知道自己踢了他十幾腳，腳上也已受到了反震。

他呆立半晌，說道：「罷了，罷了！」登覺萬念俱灰，甚麼「古往今來內功第一」云云，實是大言不慚的欺人之談，拿起足鐐手銬，套在自己手足之上，喀喇喀喇數聲，都上了鎖。

阿綉驚道：「爺爺，你怎麼啦？」

白自在轉過身子，朝著石壁，黯然道：「我白自在狂妄自大，罪孽深重，在這裏面壁思過。你們快出去，我從此誰也不見。你叫奶奶上碧螺山去罷，永遠再別回凌霄城來。」

阿綉和石破天面面相覷，不知如何是好。過了好一會，阿綉埋怨道：「都是你不好，爲甚麼這般逞強好勝？」石破天愕然道：「我……我沒有啊，我一拳也沒打到你爺爺。」

阿綉白了他一眼，道：「他單是『我的』爺爺嗎？你叫聲『爺爺』，也不怕辱沒了你。」石破天心中一甜，叫道：「爺爺！是我輸了，爺爺贏了！」

白自在揮手道：「快去，快去！你強過我，我是你孫子，你是我爺爺！」

阿綉伸了伸舌頭，微笑道：「爺爺生氣啦，咱們快跟奶奶說去。」

謝煙客嘿嘿冷笑，一雙目光直上直下的在石中玉身上掃射。石中玉只嚇得周身俱軟，魂不附體。

十八　有所求

兩人出了石牢，走向大廳。石破天道：「阿綉，人人見了我，都道我便是那個石中玉。連石莊主、石夫人也分辨不出，怎地你卻沒認錯？」

阿綉臉上一陣飛紅，霎時間臉色蒼白，停住了腳步。這時兩人正走在花園中的一條小徑上，阿綉身子微晃，伸手扶住一株白梅，臉色便似白梅的花瓣一般。她定了定神，道：「這石中玉曾想欺侮我，我氣得投崖自盡。大哥，你肯不肯為我出這口氣，把他殺了？」

石破天躊躇道：「他是石莊主夫婦獨生愛子，石莊主、石夫人待我極好，我……我……我可不能去殺他們的兒子。」阿綉頭一低，兩行淚水從面頰上流了下來，嗚咽道：「我第一件事求你，你就不答允，以後……你一定會欺侮我，就像爺爺對奶奶一般。我……我告訴奶奶和媽去。」說著掩面奔了出去。

石破天道：「阿綉，阿綉，除此之外，我甚麼都聽你的。」

阿綉嗚咽道：「你不殺了他，我永遠不睬你。」足下不停，片刻間便到了大廳。

石破天跟著進去，只見廳中劍光閃閃，四個人鬥得正緊，卻是白萬劍、成自學、齊自勉三人各挺長劍，正在圍攻一個青袍短鬚的老者。石破天一見之下，脫口叫道：「老伯伯，你好啊，我時常在想念你。」這老者正是摩天居士謝煙客。

謝煙客在雪山派三大高手圍攻之下，以一雙肉掌對付三柄長劍，仍揮洒自如，大佔上風，陡然間聽得石破天這一聲呼叫，舉目向他瞧去，不由得大吃一驚，叫道：「怎……怎麼又有一個？」

高手過招，豈能心神稍有失常？他這一驚又是非同小可，白、成、齊三柄長劍同時乘虛而入，刺向他小腹。三人一師所授，使的同是一招「明駝駿足」，劍勢又迅又狠，眼見劍尖已碰到他的青袍，三劍同時要透腹而入。

石破天大叫：「小心！」縱身躍起，一把抓住齊自勉右肩，硬生生將他向後拖出幾步。只聽得喀喀兩聲，謝煙客在危急中使出生平絕技「碧針清掌」，左掌震斷了白萬劍的長劍，右掌震斷了成自學的長劍。

這兩掌擊得雖快，他青袍的下襬還是給雙劍劃破了兩道口子，他雙掌翻轉，內力疾吐，成白二人直飛出去，砰砰兩聲，背脊撞上廳壁，只震得屋頂泥灰簌簌而落，猶似下了一陣急雨。又聽得啪的一聲，卻是石破天鬆手放開齊自勉肩頭，將他摔入廳上一張椅中。

謝煙客向石破天看了一眼，目光轉向坐在角落裏的另一個少年石中玉，兀自驚疑不定，道：「你……你二人怎地一模一樣？」

石破天滿臉堆歡，說道：「老伯伯，你是來救我的嗎？多謝你啦！我很好，他們沒殺我。叮叮噹噹、石大哥，你們也一塊來了。石莊主、石夫人，他們沒傷你，我這可放心啦！師父，爺爺自己又戴上了足鐐手銬，不肯出來，說要你上碧螺山去。」頃刻之間，他向謝煙客、丁璫、石中玉、石清夫婦、史婆婆每人都說了幾句話。

他這幾句話說得興高采烈，聽他說話之人卻盡皆大吃一驚。

謝煙客當日在摩天崖上修習「碧針清掌」，爲逞一時之快，將全身內力盡數使了出來。恰在此時，貝海石率領長樂幫八名好手來到摩天崖上，說是迎接幫主，一口咬定幫主是在崖上。謝煙客一招之間，便將米橫野擒住，但其後與貝海石動手，恰逢自己內力垂盡。他當機立斷，乘著敗象未顯，立即飄然引退。這一掌而退，雖然不能說敗，終究是讓人欺上門來，逼下崖去，實是畢生的奇恥大辱。仔細思量，此番受逼，全係自己練功時過耗內力所致，否則對方縱然人多，也無所懼。

此仇不報，非丈夫也，但須謀定而動，於是尋了個隱僻所在，花了不少功夫，將一路「碧針淸掌」直練得出神入化，無懈可擊，這才尋上鎮江長樂幫總舵去，一進門便掌傷四名香主，登時長樂幫全幫爲之震動。

其時石破天已受丁璫之騙，將石中玉掉換了出來。石中玉正想和丁璫遠走高飛，不料長樂幫到處布滿了人，不到半天便遇上了，又將他強行迎回總舵。貝海石等此後監視甚緊，均想這小子當時嘴上說得豪氣干雲，但事後越想越怕，竟想腳底抹油，一走了之，天下那有這麼便宜之事？數十人四下守衛，日夜不離，不論他如何狡計百出，再也沒法溜走。石中玉甫脫凌霄城之難，又陷進了長樂幫之劫，好生發愁。和丁璫商議了幾次，兩人打定了主意，俠客島當然無論如何是不去的，在長樂幫總舵中也已難溜走，只有在前赴俠客島途中設法脫身。

當下只得暫且冒充石破天再說。他是個千伶百俐之人，幫中上下人等又個個熟識，各人性格摸得淸淸楚楚，他要假裝石破天而不令人起疑，比之石破天冒充他是易上百倍了。但他畢竟心中有鬼，不敢大模大樣如從前那麼做他的幫主，每日裏只躲在房中與丁璫鬼混。有人問起幫中大事，他也唯唯否否的不出甚麼主意。侍劍見眞幫主和丁璫回來，立即逃之夭夭。

長樂幫這干人只求幫主準期去俠客島赴約，樂得他諸事不理，正好自行其是。貝海石那日前赴摩天崖接得石破天歸來，一掌逼走謝煙客，雖知從此伏下了個隱憂，但覺他掌法雖精，內力卻是平平，頗與他在武林中所享的大名不符，也不如何放在心上。其後發覺石破天原來並非石中玉，這樣一來，變成無緣無故的得罪了一位武林高手，心下更微有內疚之意，但銅牌邀宴之事迫在眉睫，幫中不可無主出頭承擔此事，乘著石破天陰陽內力激盪而昏迷不醒之時，便在他身上做下了手腳。

石中玉那日在貝海石指使之下做了幫主，不數日便即逃脫，給貝海石擒了回來，將他脫得赤條條地監禁數日，教他難以再逃，其後石中玉雖終於又再逃脫，他身上的各處創傷疤痕，卻已讓貝海石盡數瞧在眼裏。貝大夫並非眞的大夫，然久病成醫，醫道著實高明，於是在石破天肩頭、腿上、臀部仿製疤痕，竟也做得一模一樣，毫無破綻，以致情人丁璫、仇人白萬劍，甚至父母石淸夫婦都給瞞過。

貝海石只道石中玉既再次逃走，在臘八日之前必不會現身，是以放膽而爲。其實石破天和石中玉二人相貌雖頗相似，畢竟不能一般無異，但有了身上這幾處疤痕之後，人人心中先入爲主，縱有再多不似之處，也一概略而不計了。石破天全然不通人情世故，種種奇事既難索解，也只好信了旁人之言，只道自己一場大病之後，將前事忘得乾乾淨淨。那知俠客島的善惡二使實有過人之能，竟將石中玉從揚州妓院中揪了出來，貝海石的把戲全遭拆穿。雖石破天應承接任幫主，讓長樂幫免了一劫，貝海石卻面目無光，深自匿居，不敢和幫主見面。以致石中玉將石破天掉換之事，本來唯獨難以瞞過他的眼睛，卻也以此並未敗露。

這日謝煙客上門指名索戰，貝海石聽得他連傷四名香主，自忖並無勝他把握，一面出廳周旋，一面遣人請幫主出來應付。

石中玉推三阻四，前來相請的香主、舵主已站得滿房都是，消息一個接一個的傳來：

「貝先生和那姓謝的已在廳上激鬥，快請幫主出去掠陣！」

「貝先生肩頭給謝煙客拍了一掌，左臂已有些不靈。」

「貝先生扯下了謝煙客半幅衣袖，謝煙客卻乘機在貝先生胸口印了一掌。」

「貝先生咳嗽連連，口噴鮮血，幫主再不出去，貝先生難免喪命。」

「那姓謝的口出大言，說道憑一雙肉掌便要將長樂幫挑了，幫主再不出去，他要放火焚燒咱們總舵！」

石中玉心想：「燒了長樂幫總舵，那是求之不得，最好那姓謝的將你們盡數宰了。」但在眾香主、舵主逼迫之下，無可推託，只得硬著頭皮來到大廳，打定了主意，要長樂幫眾好手一擁而上，管他誰死誰活，最好是兩敗俱傷，同歸於盡，自己便可乘機溜之大吉。

那知謝煙客一見了他，登時大吃一驚，叫道：「狗雜種，原來是你。」石中玉見貝海石氣息奄奄，委頓在地，衣襟上都是鮮血，心驚膽戰之下，那句「大夥兒齊上，跟他拚了」的話嚇得叫不出口，戰戰兢兢的道：「原來是謝先生。」

謝煙客冷笑道：「很好，很好！你這小子居然當上了長樂幫幫主！」一想到種種情事，身上不由得涼了半截：「糟了，糟了！貝大夫這狗賊原來竟這等工於心計。我當年立下了重誓，但教受令之人有何號令，不論何事，均須爲他辦到，此事衆所知聞。他打聽到我已從狗雜種手中接了玄鐵令，便來到摩天崖上，將他接去做個傀儡幫主，用意無非是要我聽他長樂幫的號令。甚麼號令？當今大事，無非是赴俠客島一行。長樂幫要我做替死鬼，爲他們解去大難。謝煙客啊謝煙客，你聰明一世，胡塗一時，今日裏竟會自投羅網，一去俠客島，再也沒翻身之日了。」

一人倘若繫念於一事，不論遇上何等情景，不由自主的總是將心事與之連了起來。逃犯越獄，只道普天下公差都在捉拿自己；兇手犯案，只道人人都在思疑自己；青年男女鍾情，只道對方一言一動都爲自己而發，雖絕頂聰明之人，亦所難免。謝煙客念念不忘者只玄鐵令誓願未了，其時心情，正復如此。他越想越怕，料想貝海石早已伏下厲害機關，雙目凝視石中玉，靜候他說出要自己爲長樂幫前往俠客島。「倘若竟不是要我代去俠客島，而是要我自斷雙手，從此成爲一個不死不活的廢人，這便如何是好？」想到此節，雙手不由得微微顫抖。

他若立即轉身奔出長樂幫總舵，從此不再見這狗雜種之面，自可避過這個難題，但這麼一來，江湖上從此再沒他這號人物，那倒事小，想起昔時所立的毒誓，他日應誓，那比之自殘雙手等等更加慘酷百倍了。

豈知石中玉心中也害怕之極，見謝煙客神色古怪，不知他要向自己施展甚麼殺手。兩人你瞧著我，我瞧著你，在半晌之間，兩個人都如過了好幾天一般。

又過了良久，謝煙客終於厲聲說道：「好罷，是你從我手中接過玄鐵令的，你要我為你辦甚麼事，快快說來。謝某一生縱橫江湖，便遇上天大難事，也視作等閒。」

石中玉一聽，登時呆了，但謝煙客頒下玄鐵令之事，他卻也曾聽過，心念一轉之際，已然明白，定是謝煙客也認錯了人，將自己認作了那個到凌霄城去作替死鬼的獃子，聽他說不論自己出甚麼難題，都能盡力辦到，那眞是天外飛來的大橫財，心想以此人武功之高，說得上無事不可為，卻教他去辦甚麼事好？不由得沉吟不決。

謝煙客見他神色間又驚又喜、又是害怕，說道：「謝某曾在江湖揚言，凡是得我玄鐵令之人，謝某決不伸一指加於其身，你又怕些甚麼？狗雜種，你居然還沒死，當眞命大。你那『炎炎功』練得怎樣了？」料想這小子定是畏難偷懶，後來不再練功，否則體內陰陽二力交攻，怎能夠活到今日。

石中玉聽他叫自己爲「狗雜種」，只道是隨口罵人，自更不知「炎炎功」是甚麼東西，當下不置可否，微微一笑，心中卻已打定了主意：「那獃子到得凌霄城中，吐露眞相，白自在、白萬劍、封萬里這干人豈肯罷休？定會又來找我的晦氣。我一生終是難在江湖上立足。天幸眼前有這個良機，何不要他去了結此事？雪山派的實力和長樂幫不過半斤八兩，這謝煙客一人能將長樂幫挑了，多半也能憑一雙肉掌，將雪山派打得萬劫不復。」說道：「謝先生言而有信，令人可敬。在下要謝先生去辦的這件事，在俗人聽來，不免有點兒駭人聽聞，但以謝先生天下無雙的武功，那也是輕而易舉。」

謝煙客聽得他這話似乎不是要作踐自己，登感喜慰，忙問：「你要我去辦甚麼事？」

他心下忐忑，全沒留意到石中玉吐屬文雅，與狗雜種大不相同。

石中玉道：「在下斗膽，請謝先生到凌霄城去，將雪山派人衆盡數殺了。」

謝煙客微微一驚，心想雪山派是武林的名門大派，威德先生白自在聲名甚著，是個極不好惹的大高手，竟要將之盡數誅滅，當眞談何容易？但對方既出下了題目，那便是抓得著、摸得到的玩意兒，不用整日價提心吊膽，疑神疑鬼，雪山派一除，從此便無憂無慮，逍遙一世，當即說道：「好，我這就去。」說著轉身便行。

石中玉叫道：「謝先生且慢！」謝煙客轉過身來，道：「怎麼？」他猜想狗雜種叫自己去誅滅雪山派，純是貝海石等人的主意，不知長樂幫和雪山派有甚麼深仇大恨，這才要假手於己去誅滅對方，他只盼及早離去，深恐貝海石他們又使甚麼詭計。

石中玉道：「謝先生，我和你同去，要親眼見你辦成此事！」他一聽謝煙客答允去誅滅雪山派，便即想到此事一舉兩得，正是脫離長樂幫的良機。

謝煙客當年立誓，雖說接到玄鐵令後只爲人辦一件事，但石中玉要和他同行，卻與此事有關，原不便拒絕，便道：「好，你跟我一起去就是。」長樂幫眾人大急，眼望貝海石，聽他示下。石中玉朗聲道：「本座既已答應前赴俠客島應約，天大的擔子也由我一人挑起，屆時自不會令眾位兄弟爲難，大家儘管放心。」

貝海石重傷之餘，萬料不到謝煙客竟會聽石幫主號令，反正無力攔阻，只得嘆一口氣，有氣無力的說道：「幫……幫主，一……一……路保重，恕……恕……屬下……咳咳……不送了！」石中玉一拱手，隨著謝煙客出了總舵。

謝煙客冷笑道：「狗雜種你這蠢才，聽了貝大夫的指使，要我去誅滅雪山派，雪山派跟你又沾上甚麼邊了？你道貝大夫他們當眞奉你爲幫主嗎？只不過要你到俠客島去送死而已。你這小子傻頭傻腦的，跟這批奸詐兇狡的匪徒講義氣，當眞胡塗透頂。你怎不叫我去做一件於你大大有好處的事？」突然想起：「幸虧他沒叫我代做長樂幫幫主，派我去俠客島送死。」他武功雖高，於俠客島畢竟也十分忌憚，想到此節，又不禁暗自慶幸，笑罵：「他媽的，總算老子運氣，你狗雜種要是聰明了三分，老子可就倒了大霉啦！」

此時石中玉既下了號令，謝煙客對他便毫不畏懼，除了不能動手打他殺他之外，言語之中儘可放肆侮辱，這小子再要他辦第二件事，那是想也休想。

石中玉不敢多言，陪笑道：「這可多多得罪了。」心道：「他媽的，總算老子運氣，你認錯了人。你狗雜種要是聰明了三分，老子可就倒了大霉啦。」

丁璫見石中玉隨謝煙客離了長樂幫，便趕上和二人會合，同上凌霄城來。

石中玉雖有謝煙客作護符，但對白自在畢竟十分害怕，一上凌霄城後便獻議暗襲。謝煙客一聽，正合心意。當下三人偷入凌霄城來。石中玉在城中曾居住多年，各處道路門戶十分熟悉。城中又方遭大變，多處要道無人守禦，三人毫不費力的便進了城。

謝煙客出手殺了四名雪山派第三代弟子，進入中門，便聽到衆人議論紛紛，有的氣憤，有的害怕，有的想逃，有的說瞧一瞧風頭再作打算。謝煙客和石中玉料知凌霄城禍起蕭牆，正有巨大內爭，心想正是天賜良機，隨即又聽到石清夫婦遭擒。石中玉雖涼薄無行，於父母之情畢竟尚在，當下也不向謝煙客懇求，逕自引著他來到城中囚人之所，由謝煙客出手殺了數人，救出了石清、閔柔，來到大廳。

其時史婆婆、白萬劍、石破天等正在石牢中和白自在說話，依著謝煙客之意，見一個，殺一個，當時便要將雪山派中人殺得乾乾淨淨，但石清、閔柔極力勸阻。石清更以言語相激：「是英雄好漢，便當先和雪山派掌門人威德先生決個雌雄，此刻正主兒不在，卻儘殺他後輩弟子，江湖上議論起來，未免說摩天居士以大壓小，欺軟怕硬。」謝煙客冷笑道：「反正是盡數誅滅，先殺老的，再殺小的，也是一樣。」

不久史婆婆和白萬劍等出來，一言不合，便即動手。白萬劍武功雖高，如何是這玄鐵令主人的敵手？數招之下，便已險象環生。成自學、齊自勉聽得謝煙客口口聲聲要將雪山派盡數誅滅，當即上前夾擊，但以三敵一，仍擋不住他凌厲無儔的「碧針清掌」。當石破天進廳之時，史婆婆與梁自進正欲加入戰團，不料謝煙客大驚之下，局面登變。

石中玉見石破天武功如此高強，自十分駭異，生怕雪山派重算舊帳，石破天不免也要跟自己為難，但見阿綉安然無恙，又稍覺寬心。

丁璫雖傾心於風流倜儻的石中玉，憎厭這不解風情的石破天，畢竟和他相處多日，不無情誼，見他尚在人間，卻也暗暗歡喜。

石清夫婦直到此時，方始明白一路跟著上山的原來不是兒子，又是那少年石破天，慚愧之餘，也不自禁的好笑，第一次認錯兒子，那也罷了，想不到第二次又會認錯。夫妻倆相對搖頭，均想：「玄素莊石清夫婦認錯兒子，從此在武林中成為大笑話，日後遇到老友，只怕人人都會揶揄一番。」一齊問：「石幫主，你為甚麼要假裝喉痛，將玉兒換了去？」

史婆婆聽得石破天言道丈夫不肯從牢中出來，卻要自己上碧螺山去，忙問：「你們比武是誰勝了？怎麼爺爺叫我上碧螺山去？」

謝煙客問道：「怎麼有了兩個狗雜種？到底是怎麼回事？」

白萬劍喝道：「好大膽的石中玉，你又在搗甚麼鬼？」

丁璫道：「你沒照我吩咐，早就洩露了秘密，是不是？」

你一句，我一句，齊聲發問。石破天只一張嘴，一時之間怎回答得了這許多問話？只見後堂轉出一個中年婦人，問阿綉道：「阿綉，這兩個少年，那一個是好的，那一個是壞的？」這婦人是白萬劍之妻，阿綉之母。她自阿綉墮崖後，憶女成狂，神智迷糊。成自學、齊自勉、廖自礪等謀叛之時，也沒對她多加理會。此番阿綉隨祖母暗中入城，第一個就去看娘。她母親一見愛女，登時清醒了大半，此刻也加上了一張嘴來發問。

史婆婆大聲叫道：「誰也別吵，一個個來問，這般亂鬨鬨的誰還聽得到說話？」

眾人一聽，都靜了下來。謝煙客在鼻孔中冷笑一聲，卻也不再說話。

史婆婆道：「你先回答我，你和爺爺比武是誰贏了？」

雪山派眾人一齊望著石破天，心下均各擔憂。白自在狂妄橫暴，眾人雖十分不滿，但若他當眞輸了給這少年，雪山派威名掃地，卻也令人人面目無光。

石破天道：「自然是爺爺贏了，我怎配跟爺爺比武？爺爺說要教我些粗淺功夫，他打了我七八十拳，踢了我二三十腳，我可一拳一腳也碰不到他身上。」白萬劍等都長長吁了口氣，放下心來。阿綉聽他這麼說，芳心暗喜，瞧向他的眼光之中情意大增：「算你乖，眞是我的心肝寶貝！」

史婆婆斜眼瞧他，又問：「你爲甚麼身上一處也沒傷？」石破天道：「定是爺爺手下留情。後來他打得倦了，坐倒在地，我見他一口氣轉不過來，閉了呼吸，便助他暢通氣息，此刻已然大好了。」

謝煙客冷笑道：「原來如此！」

史婆婆道：「你爺爺說些甚麼？」石破天道：「他說，我白自在狂甚麼自大，罪甚麼深重，在這裏面……面甚麼思過，你們快出去，我從此誰也不見，你叫奶奶上碧螺山去罷，永遠別再回凌霄城來。」他一字不識，白自在說的成語「狂妄自大」、「罪孽深重」、「面壁思過」，他不知其義，便無法複述，可是旁人卻都猜到了。

史婆婆怒道：「這老兒當我是甚麼人？我爲甚麼要上碧螺山去？」

史婆婆閨名叫做小翠，年輕時貌美如花，武林中青年子弟對之傾心者大有人在，白自在和丁不四尤爲其中的傑出人物。白自在向來傲慢自大，史小翠本來對他不喜，但她父母看中了白自在的名望武功，終於將她許配了這個雪山派掌門人。成婚之初，史小翠便常和丈夫拌嘴，一拌嘴便埋怨自己父母，說道當年如若嫁了丁不四，也不致受這無窮的苦惱。

其實丁不四行事怪僻，爲人只有比白自在差得多了，但隔河景色，看來總比眼前的爲美，何況史小翠爲了激得丈夫生氣，本來對丁不四並無甚麼情意，卻故意說自己愛慕丁不四，而愛慕之情更加油添醬的誇張，原只半分好感，卻將之說到了十分。白自在空自暴跳，卻也無可奈何。好在兩人成婚之後，不久便生了白萬劍，史小翠養育愛子，一步不出凌霄城，數十年來從不和丁不四見上一面。白自在縱然心中喝醋，卻也不疑有他。

不料這對老夫婦到得晚年，卻出了石中玉和阿繡這一樁事。史小翠給丈夫打了個耳光，一怒出城，在崖下雪谷中救了阿繡，怒火不熄，攜著孫女前赴中原散心，好教丈夫著急一番。當眞不是冤家不聚頭，卻在武昌府遇到了丁不四。兩人青春分手，白頭重逢，說起別來情事，那丁不四倒也痴心，竟始終未娶，苦苦邀她到自己所居的碧螺山去盤桓數日。二人其時都已年過六旬，原已說不上甚麼男女之情，丁不四所以邀她前往，也不過一償少年時立下的心願，只要昔日的意中人雙足沾到碧螺山上的一點綠泥，那就死也甘心。

史婆婆一口拒卻。丁不四求之不已，到得後來，竟變成了苦苦相纏。史婆婆怒氣上衝，說僵了便即動手，數番相鬥，史婆婆武功不及，幸好丁不四絕無傷害之意，到得生死關頭，總是手下留情。史婆婆又氣又急，在長江船中趕練內功，竟致和阿綉雙雙走火，眼見要讓丁不四逼上碧螺山去，迫得投江自盡，巧逢石破天相救。後來在紫煙島上又見到了丁氏兄弟，史婆婆既不願和丁不四相會，更不想在這尷尬的情景下見到兒子，便攜了阿綉避去。

丁不四數十年來不見小翠，倒也罷了，此番重逢，勾發了他的牛性，說甚麼也要叫她的腳底去沾一沾碧螺山的綠泥，自知一人非雪山派之敵，於是低聲下氣，向素來和他不睦的兄長丁不三求援，同上凌霄城來，準擬強搶暗劫，將史婆婆架到碧螺山去，只要她兩隻腳踏上碧螺山，立即原船放她回歸。

丁氏兄弟到達凌霄城之時，史婆婆尚未歸來。丁不四便捏造謊言，說史婆婆曾到碧螺山上盤桓多日，和他暢叙離情。他既娶不到史小翠，有機會自要氣氣情敵。白自在初時不信，但丁不四說起史婆婆的近貌，轉述她的言語，事事若合符節，卻不由得白自在不信。兩人三言兩語，登時在書房中動起手來。丁不四中了白自在一掌，身受重傷，當下在兄長相護下離城。

這一來不打緊，白自在又擔心，又氣惱，一肚皮怨氣無處可出，竟至瘋瘋顛顛，亂殺無辜，釀成了凌霄城中的偌大風波。

史婆婆回城後見到丈夫這情景，心下也好生後悔，丈夫的瘋病一半固因他天性自大，一半實緣自己而起，他若非深愛自己，也不致因丁不四誑言自己去碧螺山而心智錯亂。此刻聽得石破天言道丈夫叫自己到碧螺山去，永遠別再回來，又聽說丈夫自知罪孽深重，在石牢中面壁思過，登時便打定了主意：「咱二人做了一世夫妻，臨到老來，豈可再行分手？他要在石牢中自懲己過，我便在牢中陪他到死便了，免得他到死也雙眼不閉。」轉念又想：「我要億刀將掌門之位讓我，原是要代他去俠客島赴約，免得他枉自送命，阿綉成了個獨守空閨的小寡婦。此事難以兩全，那便如何是好？唉，且不管他，這件事慢慢再說，先去瞧瞧老瘋子要緊。」當即轉身入內。

白萬劍掛念父親，也想跟去，但想大敵當前，本派面臨存亡絕續的大關頭，畢竟是以應付謝煙客爲先。

謝煙客瞧瞧石中玉，又瞧瞧石破天，好生難以委決，以言語舉止而論，那是石破天較像狗雜種，但他適才一把拉退齊自勉的高深武功，迥非當日摩天崖這鄉下少年之所能，分手不過數月，焉能精進如是？突然間他青氣滿臉，綻舌大喝：「你們這兩個小子，到底那一個是狗雜種？」這一聲斷喝，屋頂灰泥又是簌簌而落，眼見他舉手間便要殺人。

石中玉不知「狗雜種」三字是石破天的眞名，只道謝煙客大怒之下破口罵人，心想計謀既給他識破，只有硬著頭皮混賴，挨得一時是一時，然後俟機脫逃，當即說道：「我不是，他，他是狗雜種！」謝煙客向他瞪目而視，嘿嘿冷笑，道：「你眞的不是狗雜種？」石中玉給他瞧得全身發毛，忙道：「我不是。」

謝煙客轉頭向石破天道：「那麼你才是狗雜種？」石破天點頭道：「是啊，老伯伯，我那日在山上練你教我的功夫，忽然全身發冷發熱，痛苦難當，便昏了過去，這一醒轉，古怪事情卻一件接著一件而來。老伯伯，你這些日子來可好嗎？不知是誰給你洗衣煮飯。我時常記掛你，想到我不能給你洗衣煮飯，可苦了你啦。」言語中充滿關懷之情。

謝煙客更無懷疑，心中溫暖：「這傻小子對我倒眞還不錯。」轉頭向石中玉道：「你冒充此人，卻來消遣於我，嘿嘿，膽子不小哇，膽子不小！」

石淸、閔柔見他臉上靑氣一顯而隱，雙目精光大盛，知道兒子欺騙了他，自令他怒不可遏，只要一伸手，兒子立時便屍橫就地，忙不迭雙雙躍出，攔在兒子身前。閔柔顫聲說道：「謝先生，你大人大量，原諒這小兒無知，我……我教他向你磕頭賠罪！」

謝煙客心中煩惱，爲石中玉所欺尙在其次，只是這麼一來，玄鐵令誓言的了結又是沒了著落，冷笑道：「謝某爲豎子所欺，豈是磕幾個頭便能了事？退開！」他「退開」兩字一出口，雙袖拂出，兩股大力排山倒海般推去。石淸、閔柔的內力雖非泛泛，竟也立足不穩，分向左右跌出數步。

石破天見閔柔驚惶無比，眼淚已奪眶而出，忙叫：「老伯伯，不可殺他！」謝煙客右掌蓄發，正待擊出，其時便是大廳上數十人一齊阻擋，也未必救得了石中玉的性命，但石破天這一聲呼喝，對謝煙客而言卻是無可違抗的嚴令。他怔了一怔，回頭問道：「你要我不可殺他？」心想饒了這卑鄙少年的一命，便算完償了當年誓願，那倒是輕易之極的事，不由得臉露喜色。

石破天道：「是啊，這人是石莊主、石夫人的兒子。叮叮噹噹也很喜歡他。不過……不過……這人行爲不好，他欺侮過阿綉，又愛騙人，做長樂幫幫主之時，又做了許多壞事。」

謝煙客道：「你說要我不可殺他？」他雖是武功絕頂的一代梟傑，說這句話時，聲音竟也有些發顫，惟恐石破天變卦。

石破天道：「不錯，請你不可殺他。不過這人老是害人，最好你將他帶在身邊，教他學好，等他眞的變了好人，才放他離開你。老伯伯，你心地最好，你帶了我好幾年，又教我練功夫。自從我找不到媽媽後，全靠你養育我長大。這位石大哥只要跟隨著你，你定會好好照料他，他就會變成個好人了。」

「心地最好」四字用之於謝煙客身上，他初一入耳，不由得大爲憤怒，只道石破天出言譏刺，臉上青氣又現，但轉念一想，不由得啼笑皆非。眼見石破天說這番話時一片至誠，回想數年來和他在摩天崖共處，自己處處機心對他，他卻始終天眞爛漫，絕無半分猜疑，別來數月，他兀自以不能爲自己洗衣煮飯爲歉，料想他失母之後，對己依戀，因之事事皆往好處著想，自己授他「炎炎功」原是意在取他性命，他卻深自感恩，此刻又來要自己去管教石中玉，心道：「傻小子胡說八道，謝某是個獨往獨來、矯矯不羣的奇男子，焉能爲這卑賤少年所累？」說道：「我本該答允爲你做一件事，你要我不殺此人，我依了你便是。咱們就此別過，從此永不相見。」

石破天道：「不，不，老伯伯，你若不好好教他，他又要去騙人害人，終於會給旁人殺了，又惹得石夫人和叮叮噹噹傷心。我求你教他、看著他，只要他不變好人，你就不放他離開你。我媽本來教我不可求人甚麼事。不過……不過這件事太關要緊，我只得求求你了。」

謝煙客皺起眉頭，心想這件事婆婆媽媽，說難是不難，說易卻也著實不易，自己本就不是好人，如何能教人學好？何況石中玉這少年奸詐浮滑，就是由孔夫子來教，只怕也未必能教得他成爲好人，倘若答允了此事，豈不是身後永遠拖著一個大累贅？他連連搖頭，說道：「不成，這件事我幹不了。你另出題目罷，再難的，我也去給你辦。」

石清突然哈哈大笑，說道：「人道摩天居士言出如山，玄鐵令這才名動江湖。早知玄鐵令主會拒人所求，那麼侯監集上這許多條人命，未免也送得太冤了。」

謝煙客雙眉陡豎，厲聲道：「石莊主此言何來？」

石清道：「這位小兄弟求你管教犬子，原是強人所難。只是當日那枚玄鐵令，確是由這小兄弟交在謝先生手中，其時在下夫婦親眼目睹，這裏耿兄、王兄、柯兄、花姑娘等幾位也都是見證。素聞摩天居士言諾重於千金，怎地此刻這位小兄弟出言相求，謝先生卻推三阻四起來？」謝煙客怒道：「你會生兒子，怎地不會管教？這等敗壞門風的不肖之子，不如一掌斃了乾淨！」石清道：「犬子頑劣無比，若不得嚴師善加琢磨，決難成器！」謝煙客怒道：「琢你的鬼！我帶了這小子去，不到三日，便琢得他人不像人，鬼不像鬼！」

閔柔向石清連使眼色，叫道：「師哥！」心想兒子給謝煙客這大魔頭帶了去，定是凶多吉少，要丈夫別再以言語相激。豈知石清只作不聞，說道：「江湖上英雄好漢說起玄鐵令主人，無不翹起大拇指讚一聲『好！』端的是人人欽服。想那背信違誓之行，豈是大名鼎鼎的摩天居士之所為？」

謝煙客給他以言語僵住了，知道推搪不通世務的石破天易，推搪這閱歷豐富的石莊主卻為難之極，這圈子既已套到了頭上，只有認命，總勝於給狗雜種命他自斷雙手、命他代去俠客島一行，說道：「好，謝某這下半生，只有給你這狗雜種累了。」似是說石破天，其實是指石中玉而言。

他繞了彎子罵人，石清如何不懂，卻只微笑不語。閔柔臉上一紅，隨即又變得蒼白。

謝煙客向石中玉道：「小子，跟著我來，你不變成好人，老子每天剝掉你三層皮。」石中玉甚是害怕，瞧瞧父親，瞧瞧母親，又瞧瞧石破天，只盼他改口。

石破天卻道：「石大哥，你不用害怕，謝先生假裝很兇，其實他是最好的人。你只要每天煮飯燒菜給他吃，給他洗衣、種菜、打柴、養鷄，他連手指頭兒也不會碰你一碰。我跟了他好幾年，他待我就像是我媽媽一樣，對我好得很，還教我練功夫呢。我心裏感激得不得了，不知怎生報答他才好。」

謝煙客聽他將自己比作他母親，不由得長嘆一聲，心想：「你母親是個瘋婆子，把自己兒子取名爲狗雜種。你臭小子，竟把江湖上聞名喪膽的摩天居士比作了瘋婆子！」

石中玉肚中更連珠價叫起苦來：「你叫我洗衣、種菜、打柴、養鷄，那不是要了我命麼？還要我每天煮飯燒菜給這魔頭吃，我又怎麼會煮飯燒菜？」

石破天又道：「石大哥，謝先生的衣服倘若破了，你得趕緊給他縫補。還有，謝先生吃菜愛掉花樣，最好十天之內別煮同樣的菜餚。」

謝煙客嘿嘿冷笑，說道：「石莊主，賢夫婦在侯監集上，也曾看中了我這枚玄鐵令。難道當時你們心目之中，就在想聘謝某爲西賓，替你們管教這位賢公子麼？」他口中對石清說話，一雙目光，卻是直上直下的在石中玉身上掃射。石中玉在這雙閃電般的眼光之下，便如老鼠見貓，周身俱軟，只嚇得魂不附體。

石清道：「不敢。不瞞謝先生說，在下夫婦有一大仇人，殺了我們另一個孩子。此人從此隱匿不見，十餘年來在下夫婦遍尋不得。」謝煙客道：「當時你們若得玄鐵令，便欲要我去代你們報卻此仇？」石清道：「報仇不敢勞動大駕，但謝先生神通廣大，當能查到那人的下落。」謝煙客道：「這玄鐵令當日倘若落在賢夫婦手中，謝某可真要謝天謝地了。」

石清深深一揖，說道：「犬子得蒙栽培成人，石清感恩無極。我夫婦此後馨香禱祝，願謝先生長命百歲。此生此世，但願能報答謝先生的大恩大德。」語意既極謙恭，亦誠懇之至，右膝一曲，便欲跪了下去。謝煙客若受了他這一跪，石中玉今後不論如何冒犯了他，謝煙客便不能殺他。

謝煙客「哌」的一聲，突然伸手取下背上一個長長的包袱，噹的一聲響，抛在地下，左手一探，抓住石中玉的右腕，縱身出了大廳。但聽得石中玉尖叫之聲，倏忽遠去，頃刻間已在十數丈外。

各人駭然相顧之際，丁璫伸出手來，啪的一聲，重重打了石破天一個耳光，大叫：「天哥，天哥！」飛身追出。石破天撫著面頰，愕然道：「叮叮噹噹，你爲甚麼打我？」

石清拾起包袱，在手中一掂，已知就裏，打開包袱，赫然是自己夫婦那對黑白雙劍。

閔柔絲毫不以得劍爲喜，含著滿泡眼淚，道：「師……師哥，你爲甚麼讓玉兒……玉兒跟了他去？」石清嘆了口氣，道：「師妹，玉兒爲甚麼會變成這等模樣，你可知道麼？」閔柔道：「你……你又怪我太寵了他。」說了這句話，眼淚撲簌簌的流下。

石清道：「你對玉兒本已太好，自從堅兒給人害死，你對玉兒更加千依百順。我見他小小年紀，便已頑劣異常，礙著你在眼前，我實在難以管教，這才硬著心腸送他上凌霄城來。豈知他本性太壞，反累得我夫婦無面目見雪山派的諸君。謝先生的心計勝過玉兒，手段勝過玉兒，以毒攻毒，多半有救，你放心好啦。摩天居士行事雖然任性，卻是天下第一信人，這位小兄弟要他管教玉兒，他定會設法辦到。」閔柔道：「可是……可是，玉兒從小嬌生慣養，又怎會煮飯燒菜……」話聲哽咽，又流下淚來。

石清道：「他諸般毛病，正是從嬌生慣養而起。」見白萬劍等人紛紛奔向內堂，知是去報知白自在和史婆婆，俯身在妻子耳畔低聲道：「玉兒若不隨謝先生而去，此間之事，未必輕易便能了結。雪山派的內禍由玉兒而起，他們豈肯善罷干休？」

閔柔一想不錯，這才收淚，向石破天道：「你又救了我兒子性命，我……我眞不知……偏生你這般好，他又這般壞。我若有你……有你這樣……」她本想說：「我若有你這樣一個兒子，可有多好。」話到口邊，終於忍住了。

石破天見石中玉如此得她愛憐，心下好生羨慕，想起她兩度錯認自己爲子，也曾對自己愛惜得無微不至，自己母親不知到了何處，而母親待己之情，可和閔柔對待兒子大大不同，不由得黯然神傷。閔柔道：「小兄弟，你怎會喬裝玉兒，一路上瞞住了我們？」石破天臉上一紅，說道：「那是叮叮噹噹……」

突然間王萬仞氣急敗壞的奔將進來，叫道：「不……不好了，師父不見啦。」廳上衆人都吃了一驚，齊問：「怎麼不見了？」王萬仞只叫：「師父不見了。」

阿綉一拉石破天的袖子，道：「咱們快去！」兩人急步奔向石牢。到得牢外，只見甬道中擠滿了雪山弟子。各人見到阿綉，都讓出路來。兩人走進牢中，但見白萬劍夫婦二人扶住史婆婆坐在地下。阿綉忙道：「爹、媽、奶奶……怎麼了？受了傷麼？」

白萬劍滿臉殺氣，道：「有內奸，媽是給本門手法點了穴道。爹給人劫了去，你瞧著奶奶，我去救爹。」說著縱身便出。迎面只見一名三支的弟子，白萬劍氣急之下，重重一推，將他直甩出去，大踏步走出。

阿綉道：「大哥，你幫奶奶運氣解穴。」石破天道：「是！」這推宮過血的解穴之法史婆婆曾教過他，當即依法施爲，過不多時便解了她被封的三處大穴。

史婆婆叫道：「大夥兒別亂，是掌門人點了我穴道，他自己走的！」

衆人一聽，盡皆愕然，都道：「原來是掌門人親手點的穴道，難怪連白師哥一時也解不開。」這時雪山派的掌門人到底該算是誰，大家都弄不淸楚，平日叫慣白自在爲掌門人，便也都沿此舊稱。本來均疑心本派又生內變，難免再有一場喋血廝殺，待聽得是夫妻吵鬧，衆人當即寬心，迅速傳話出去。

白萬劍得到訊息，又趕了回來，道：「媽，到底是怎麼回事？」語音之中，頗含不悅。這幾日種種事情，弄得這精明練達的「氣寒西北」猶如沒頭蒼蠅相似，眼前之事，偏又是自己父母身上而起，空有滿腔悶氣，卻又如何發洩？

史婆婆怒道：「你又沒弄明白，怎地怪起爹娘來？」白萬劍道：「孩兒不敢。」史婆婆道：「你爹全是爲大家好，他上俠客島去了。」白萬劍驚道：「爹上俠客島去？爲甚麼？」

史婆婆道：「爲甚麼？你爹才是雪山派眞正的掌門人啊。他不去，誰去？我來到牢中，跟你爹說，他在牢中自囚一輩子，我便陪他坐一輩子牢，只是俠客島之約，卻不知由誰去才好。他問起情由，我一五一十的都說了。他道：『我是掌門人，自然是我去。』我勸他從長計議，圖個萬全之策。他道：『我對不起雪山派，害死了這許多無辜弟子，還有兩位大夫，我恨不得一頭撞死了。我只有去爲雪山派而死，贖我的大罪，我夫人、兒子、媳婦、孫女、孫女婿、衆弟子才有臉做人。』他伸手點了我幾處穴道，將兩塊邀宴銅牌取了去，這會兒早就去得遠了。」

白萬劍道：「媽，爹爹年邁，身子又未曾復元，如何去得？該由兒子去才是。」

史婆婆森然道：「你到今日，還是不明白自己的老子。」說著邁步走出石牢。

白萬劍道：「媽，你……你去那裏？」史婆婆道：「我是金烏派掌門人，也有資格去俠客島。」白萬劍心亂如麻，尋思：「媽也眞是的，又出來一個『金烏派』。好！大夥兒都去一拚，盡數死在俠客島上，也就是了。」

龍島主道：「這臘八粥中，最主要的一味是『斷腸蝕骨腐心草』，隔十年才開一次花，開花之後，效力方著。請，請，不用客氣。」說著和木島主左手各端粥碗，右手舉箸相邀。

十九　臘八粥

十二月初五，史婆婆率同石清、閔柔、白萬劍、石破天、阿綉、成自學、齊自勉、梁自進等一行人，來到南海之濱的一個小漁村中。

史婆婆離開凌霄城時，命耿萬鍾代行掌門和城主之職，由汪萬翼、呼延萬善爲輔。風火神龍封萬里參與叛師逆謀，雖爲事勢所迫，但白萬劍等長門弟子卻再也不去理他。史婆婆帶了成自學、齊自勉、梁自進三人同行，是爲防各支子弟再行謀叛生變。廖自礪斷去一腿，武功全失，已不足爲患。

在俠客島送出的兩塊銅牌反面，刻有到達該漁村的日期、時辰和路徑。想來每人所得之銅牌，鐫刻的聚會時日與地點均有不同，是以史婆婆等一行人到達之後，發覺漁村中空無一人，固不見其他江湖豪士，白自在更無蹤跡可尋，甚至海邊連漁船也無一艘。

各人暫在一間茅屋中歇足。到得傍晚時分，忽有一名黃衣漢子，手持木槳，來到漁村之中，朗聲說道：「俠客島迎賓使，奉島主之命，恭請長樂幫石幫主啓程。」

史婆婆等聞聲從屋中走出。那漢子走到石破天身前，躬身行禮，說道：「這位想必是石幫主了。」石破天道：「正是。閣下貴姓？」那人道：「小人姓趙，便請石幫主登程。」石破天道：「在下有幾位師長朋友，想要同赴貴島觀光。」那人道：「這就爲難了。小舟不堪重載。島主頒下嚴令，只迎接石幫主一人前往，倘若多載一人，小舟固須傾覆，小人也首級不保。」

史婆婆冷笑道：「事到如今，只怕也由不得你了。」說著欺身而上，手按刀柄。

那人對史婆婆毫不理睬，向石破天道：「小人領路，石幫主請。」轉身便行。石破天和史婆婆、石清等都跟隨其後。只見他沿著海邊而行，轉過兩處山坳，沙灘邊泊著一艘小舟。這艘小舟寬不過三尺，長不過六尺，當眞是小得無可再小，是否能容得下兩人都很難說，要想多載一人，顯然無法辦到。

那人說道：「各位要殺了小人，原只一舉手之勞。那一位如識得去俠客島的海程，儘可帶同石幫主前去。」

史婆婆和石清面面相覷，沒想到俠客島布置得如此周密，連多去一人也決不能夠。各人只聽過俠客島之名，至於此島在南在北，鄰近何處，卻從未聽到過半點消息，何況這「俠客島」三字，十九也非本名，縱是出慣了洋的舟師海客也未必知曉，茫茫大海之中，卻又如何找去？極目四望，海中不見有一艘船隻，亦無法駕舟跟蹤。

史婆婆驚怒之下，伸掌便向那漢子頭頂拍去，掌到半途，卻又收住，向石破天道：「徒兒，你把銅牌給我，我代你去，老婆子無論如何要去跟老瘋子死在一起。」

那黃衣漢子道：「島主有令，倘若接錯了人，小人處斬不在話下，還累得小人父母妻兒盡皆斬首。」史婆婆怒道：「斬就斬好了，有甚麼希罕？」話一出口，心中便想：「我自不希罕，這傢伙卻希罕的。」當下另生一計，說道：「徒兒，那麼你把長樂幫幫主的位子讓給我做，我是幫主，他就不算是接錯了人。」

石破天躊躇道：「這個……恐怕……」

那漢子道：「賞善罰惡二使交代得清楚，長樂幫幫主是位年方弱冠的少年英雄，不是年高德劭的婆婆。」史婆婆怒道：「放你的狗屁！你又怎知我年高德劭了？我年雖高，德卻不劭！」那人微微一笑，逕自走到海邊，解了船纜。

史婆婆嘆了口氣，道：「好，徒兒，你去罷，你聽師父一句話。」石破天道：「自當遵從師父吩咐。」史婆婆道：「若有一線生機，你千萬要自行脫逃，不能為了相救爺爺而自陷絕地。此是為師的嚴令，決不可違。」

石破天愕然不解：「為甚麼師父不要我救她丈夫？難道她心裏還在記恨麼？」心想

爺爺是非救不可的，對史婆婆這句話便沒答應。

史婆婆又道：「你去跟老瘋子說，我在這裏等他三個月，到得明年三月初八，他若不到這裏會我，我便跳在海裏死了。他如再說甚麼去碧螺山的鬼話，我就做厲鬼也不饒他。」石破天點頭道：「是！」

阿綉道：「大哥，我……我也一樣，我也等三個月，在這裏等你到三月初八。你如不回來，我就……跟著奶奶跳海。」石破天心中又甜蜜，又淒苦，忙道：「你不用這樣。」阿綉道：「我要這樣。」這四個字說得聲音甚低，卻充滿了一往無悔的堅決之意。她輕聲又加一句：「爲了我的……心肝寶貝！」這句話只石破天一人聽到，他大喜之下，大聲道：「我也這樣！」

閔柔道：「孩子，但願你平安歸來，大家都在這裏爲你祝禱。」石破天道：「石夫人你自己保重，不用爲你兒子躭心，他跟著謝先生會變好的。你也不用爲我躭心，我這個長樂幫幫主是假的，說不定他們會放我回來。張三、李四又是我結義兄長，眞有危難，他們也不能見死不救。」閔柔道：「但願如此。」心中卻想：「這孩子不知武林中人心險惡，這種金蘭結義，豈能當眞？」

石清道：「小兄弟，在島上若與人動手，你只管運起內力蠻打，不必理會甚麼招數刀法。」他想石破天內力驚人，一線生機，全繫於此，但講到招數刀法，就靠不住了。

石破天道：「是。多謝石莊主指點。」

白萬劍拉著他的手，說道：「賢婿，咱們是一家人了。我父年邁，你務必多照看他些。」石破天聽他叫自己為「賢婿」，不禁臉上一紅，道：「這個我必盡力。阿綉的爺爺，也就是我的爺爺！」

只成自學、齊自勉、粱自進三人卻充滿了幸災樂禍之心，均想：「三十年來，已有三批武林高手前赴俠客島，可從沒聽說有一人活著回來，你這小子不見得三頭六臂，又怎能例外？」但也分別說了些「小心在意」、「請照看著掌門人」之類敷衍言語。

當下石破天和眾人分手，走向海灘。眾人送到岸邊，阿綉和閔柔兩人早已眼圈兒紅了。

史婆婆突然搶到那黃衣漢子身前，啪的一聲，重重打了他一個耳光，喝道：「你對尊長無禮，教你知道好歹！」

那人竟不還手，撫著被打的面頰，微微一笑，踏入小舟之中。石破天向眾人舉手告別，跟著上船。那小舟載了二人，船邊離海水已不過數寸，當眞再不能多載一人，幸好時當寒冬，南海中風平浪靜，否則稍有波濤，小舟難免傾覆。俠客島所以選定臘月為聚會之期，或許便是為此。

那漢子划了幾槳，將小舟划離海灘，掉轉船頭，扯起一張黃色三角帆，吃上了緩緩拂來的北風，向南進發。

石破天向北而望，但見史婆婆、阿綉等人的身形漸小，兀自站在海灘邊的懸崖上凝望。直到每個人都變成了微小的黑點，終於再不可見。

入夜之後，小舟轉向東南。在海中航行了三日，小船中只有些乾糧清水，石破天和那船夫分食。到第四日午間，屈指正是臘月初八，那漢子指著前面一條黑線，說道：「那便是俠客島了。」

石破天極目瞧去，也不見有何異狀，一顆心卻忍不住怦怦而跳。

又航行了一個多時辰，看到島上有一座高聳的石山，山上鬱鬱蒼蒼，生滿樹木。申牌時分，小舟駛向島南背風處靠岸。那漢子道：「石幫主請！」只見島南是好大一片沙灘，東首石崖下停泊著四十多艘大大小小船隻。石破天心中一動：「這裏船隻不少，若能在島上保得性命，逃到此處搶得一艘小船，脫險當亦不難。」當下躍上岸去。

那漢子提了船纜，躍上岸來，將纜索繫在一塊大石之上，從懷中取出一隻海螺，嗚嗚嗚的吹了幾聲。過不多時，山後奔出四名漢子，一色黃布短衣，快步走到石破天身前，躬身說道：「島主在迎賓館恭候大駕，石幫主這邊請。」

石破天關心白自在，問道：「雪山派掌門人威德先生已到了麼？」爲首的黃衣漢子說道：「小人專職侍候石幫主，旁人的事就不大清楚。石幫主到得迎賓館中，自會知曉。」說著轉過身來，在前領路。石破天跟隨其後。餘下四名黃衣漢子離開了七八步，跟在他身後。

轉入山中後，兩旁都是森林，一條山徑穿林而過。石破天留神四周景色，以備脫身逃命時不致迷了道路。行了數里，轉入一條巖石嶙峋的山道，左臨深澗，澗水湍急，激石有聲。一路沿著山澗漸行漸高，轉了兩個彎後，只見一道瀑布從十餘丈高處直掛下來，看來這瀑布便是山澗的源頭。

那領路漢子在路旁一株大樹後取下一件掛著的油布雨衣，遞給石破天，說道：「迎賓館建在水樂洞內，請石幫主披上雨衣，以免濺濕了衣服。」

石破天接過穿上，只見那漢子走近瀑布，縱身躍了進去，石破天跟著躍進。裏面是一條長長的甬道，兩旁點著油燈，光線雖暗，卻也可辨道路，當下跟在他身後行去。甬道依著山腹中天然洞穴修鑿而成，人工開鑿處甚是狹窄，有時卻豁然開闊，只覺漸行漸低，洞中出現了流水之聲，琮琮琤琤，清脆悅耳，如擊玉磬。山洞中支路甚多，石破天用心記憶。

在洞中行了兩里有多，眼前赫然出現一道玉石砌成的洞門，門額上彫有三個大字，石破天問道：「這便是迎賓館麼？」那漢子道：「正是。」心下微覺奇怪：「這裏寫得明明白白，又何必多問？不成你不識字？」殊不知石破天正是一字不識。

走進玉石洞門，地下青石板鋪得甚是整齊。那漢子將石破天引進左首一個石洞，說道：「石幫主請在此稍歇，待會筵席之上，島主便和石幫主相見。」

洞中桌椅俱全，三枝紅燭照耀得滿洞明亮。一名小僮奉上清茶和四色點心。

石破天一見到飲食，便想起南來之時，石清數番諄諄叮囑：「小兄弟，三十年來，無數武功高強、身懷奇技的英雄好漢去到俠客島，竟沒一個活著回來。想那俠客島上人物雖然了得，總不能將這許多武林中頂兒尖兒的豪傑之士一網打盡。依我猜想，島上定是使了卑鄙手段，不是設了機關陷阱，便是在飲食中下了劇毒。他們公然聲言請人去喝臘八粥，這碗臘八粥既是衆目所注，或許反而無甚古怪，倒是尋常的清茶點心、青菜白飯，卻不可不防。只是此理甚淺，我石清既想得到，那些名門大派的首腦人物怎能想不到？他們去俠客島之時，自是備有諸種解毒藥物，何以終於人人俱遭毒手，實令人難以索解。你心地仁厚，或者吉人天相，不致遭受惡報，一切只有小心在意了。」

他想到石清的叮囑，但聞到點心香氣，尋思：「肚子可餓得狠了，終不成來到島上，甚麼都不吃不喝？張三、李四兩位哥哥和我金蘭結義，曾立下重誓，有福共享，有難同當，要同年同月同日死，他們若要害我，豈不是等於害了自己？」當下將燒賣、春卷、煎餅、蒸糕四碟點心，吃了個風捲殘雲，一件也不賸，一壺清茶也喝了大半。

在洞中坐了一個多時辰，忽聽得鐘鼓絲竹之聲大作。那引路的漢子走到洞口，躬身說道：「島主請石幫主赴宴。」石破天站起身來，跟著他出去。

穿過幾處石洞後，但聽得鐘鼓絲竹之聲更響，眼前突然大亮，只見一座大山洞中點滿了牛油蠟燭，洞中擺著一百來張桌子。賓客正絡繹進來。這山洞好大，雖擺了這許多桌子，仍不見擠迫。數百名黃衣漢子穿梭般來去，引導賓客入座。所有賓客都是各人獨佔一席，亦無主方人士相陪。衆賓客坐定後，樂聲便即止歇。

石破天四下顧望，一眼便見到白自在巍巍踞坐，白髮蕭然，神態威猛，雜坐在衆英雄間，只因身裁特高，一眼可見，遠遠望去便卓然不羣。那日在石牢之中，昏暗朦朧，石破天沒瞧清楚他的相貌，此刻燭光照映之下，見這位威德先生當眞便似廟中神像一般形相莊嚴，令人肅然起敬，便走到他身前，躬身行禮，說道：「爺爺，我來啦！」

大廳上人數雖多，但主方接待人士固儘量壓低嗓子說話，所有來賓均想到命在頃刻，人人心頭沉重，又震於俠客島之威，誰都不發一言。石破天這麼突然一叫，聲音雖然不響，每個人的目光都向他瞧去。

白自在哼了一聲，道：「不識好歹的小鬼，你可累得我外家的曾孫也沒有了。」

石破天一怔，過了半晌，才明白他的意思，原來說他也到俠客島來送死，就不能和阿綉成親生子，說道：「爺爺，奶奶在海邊的漁村中等你三個月，她說要是等到三月初八還不見你的面，她……她就投海自盡。」

白自在長眉一豎，道：「她不到碧螺山去？」石破天道：「奶奶聽你這麼說，氣得不得了，她罵你……罵你……」白自在道：「罵我甚麼？」石破天道：「她罵你是老瘋子呢。她說丁不四這輕薄鬼嚼嘴弄舌，造謠騙人，你這老瘋子腦筋不靈，居然便信了他的。奶奶說幾時見到丁不四，定要使金烏刀法砍下他一條臂膀，再割下他的舌頭。」白自在哈哈大笑，道：「不錯，不錯，正該如此。」

突然間大廳角落中一人嗚嗚咽咽的說道：「她爲甚麼這般罵我？我幾時輕薄過她？我對她一片至誠，到老不娶，她……她卻心如鐵石，連到碧螺山走一步也不肯。」

石破天向話聲來處瞧去，只見丁不四雙臂撐在桌上，全身發顫，眼淚簌簌而下。石破天心道：「他也來了。年紀這般大，還當眾號哭，卻不怕羞？」

若在平時，眾英雄自不免羣相訕笑，但此刻人人均知噩運將臨，心下俱有自傷之意，恨不得同聲一哭，是以竟沒一人發出笑聲。這干英雄豪傑不是名門大派的掌門，便是一幫一會之主，畢生在刀劍頭上打滾過來，「怕死」二字自是安不到他們身上，然而一刀一槍的性命相搏，未必便死，何況自恃武功了得，想到的總是人敗己勝，敵亡己生。這一回的情形卻大不相同，明知來到島上非死不可，可又不知如何死法。必死之命再加上疑懼之意，比之往日面臨大敵、明槍交鋒的情景，可就難堪得多了。

忽然西邊角落中一個嘶啞的女子口音冷笑道：「哼，哼！甚麼一片至誠，到老不娶？丁不四，你好不要臉！你對史小翠倘若當眞一片至誠，爲甚麼又跟我姊姊生下個女兒？」

霎時間丁不四滿臉通紅，神情狼狽之極，站起身來，問道：「你……你……你是誰？怎麼知道？」那女子道：「她是我親姊姊，我怎麼不知道？那女孩兒呢，死了還是活著？」

騰的一聲，丁不四頹然坐落，跟著喀的一響，竟將一張梨木椅子震得四腿俱斷。那女子厲聲問道：「那女孩兒呢？死了還是活著？快說。」丁不四喃喃的道：「我……我怎知道？」那女子道：「姊姊臨死之時，命我務必找到你，問明那女孩兒的下落，要我照顧這個女孩。你……你這狼心狗肺的臭賊，害了我姊姊一生，卻還在記掛別人的老婆。」

丁不四臉如土色，雙膝酸軟，他坐著的椅子椅腳早斷，全仗他雙腿支撐，這麼一來，身子登時向下坐落，幸好他武功了得，足下輕輕一彈，又即虛坐不落。

那女子厲聲道：「到底那女孩子是死是活？」丁不四道：「二十年前，她是活的，後來可不知道了。」那女子道：「你爲甚麼不去找她？」丁不四無言可答，只道：「這個……這個……可不容易找。有人說她到了俠客島，也不知是不是。」

石破天見那女子身材矮小，臉上蒙了一層厚厚的黑紗，容貌瞧不清楚，但不知如何，這個強兇霸道、殺人不眨眼的丁不四，見了她竟十分害怕。

突然鐘鼓之聲大作，一名黃衫漢子朗聲說道：「俠客島龍島主、木島主兩位島主歡迎嘉賓。」

眾來賓心頭一震，直到此時，才知俠客島原來有兩個島主，一姓龍，一姓木。

中門打開，走出兩列高高矮矮的男女，右首的一色穿黃，左首的一色穿青。那贊禮人叫道：「龍島主、木島主座下眾弟子，謁見貴賓。」

只見那兩個分送銅牌的賞善罰惡使者也雜在眾弟子之中，張三穿黃，排在右首第十一，李四穿青，排在左首第十三，在他二人身後，又各有二十餘人。眾人不由得都倒抽了一口涼氣。張三、李四二人的武功，大家都曾親眼見過，那知他二人尚有這許多同門兄弟，想來各同門的功夫和他們也均在伯仲之間，都想：「難怪三十年來，來到俠客島的英雄好漢個個有來無回。且不說旁人，單只須賞善罰惡二使出手，我們這些中原武林的成名人物，又有那幾個能在他們手底走得到二十招以上？」

兩列弟子分向左右一站，一齊恭恭敬敬的向羣雄躬身行禮。羣雄忙即還禮。張三、李四二人在中原分送銅牌之時，談笑殺人，一舉手間，往往便將整個門派幫會盡數屠戮，此刻回到島上，竟目不斜視，行禮如儀，恭謹之極。

細樂聲中，兩個老者並肩緩步而出，一個穿黃，一個穿青。那贊禮的喝道：「敝島島主歡迎列位貴客大駕光降。」龍島主與木島主長揖到地，羣雄紛紛還禮。

那身穿黃袍的龍島主哈哈一笑，說道：「在下和木兄弟二人僻處荒島，今日得見衆位高賢，大感榮寵。只荒島之上，諸物簡陋，款待未周，各位見諒。」說來聲音十分平和，這俠客島孤懸南海之中，他說的卻是中州口音。木島主道：「各位請坐。」他語音甚尖，微帶佶屈，似是閩廣一帶人氏。

待羣雄就座後，龍木兩位島主才在西側下首主位的一張桌旁坐下。衆弟子卻無坐位，各自垂手侍立。

羣雄均想：「俠客島請客十分霸道，客人倘若不來，便殺他滿門滿幫，但到得島上，禮儀卻又甚爲周到，假惺惺的做作，倒也似模似樣，且看他們下一步又出甚麼手段。」有的則想：「囚犯拉出去殺頭之時，也要給他吃喝一頓，好言安慰幾句。眼前這宴會，便是我們的殺頭羹飯了。」

衆人看兩位島主時，見龍島主鬚眉全白，臉色紅潤，有如孩童；那木島主的長鬚稀稀落落，兀自黑多白少，但一張臉卻滿是皺紋。二人到底多大年紀，委實看不出來，總是在七十歲到九十歲之間，如說兩人均已年過百歲，只怕也不希奇。

各人一就座，島上執事人等便上來斟酒，跟著端上菜肴。每人桌上四碟四碗，八色菜肴，雞、肉、魚、蝦，煮得香氣撲鼻，似也無甚異狀。

石破天靜下心來，四顧分座各桌的來賓，見上清觀觀主天虛道人到了；關東四大門派的范一飛、風良、呂正平、高三娘子也到了。這些人心下惴惴，和石破天目光相接時都只點了點頭，卻不出聲招呼。

龍木二島主舉起酒杯，說道：「請！」二人一飲而盡。

羣雄見杯中酒水碧油油地，雖酒香甚冽，心中卻各自嘀咕：「這酒中不知下了多厲害的毒藥。」大都舉杯在口唇上碰了一碰，並不喝酒，只少數人心下計議：「對方要加害於我，不過舉手之勞，酒中有毒也好，無毒也好，反正是個死，不如落得大方。」當即舉杯喝乾，在旁侍候的僕從便又給各人斟滿。

龍木二島主敬了三杯酒後，龍島主左手一舉。羣僕從內堂魚貫而出，各以漆盤托出不少大碗的熱粥，分別放在衆賓客面前。

羣雄均想：「這便是江湖上聞名色變的臘八粥了。」只見熱粥蒸氣上冒，兀自有一個個氣泡從粥底鑽將上來，一碗粥盡作深綠之色，瞧上去說不出的詭異。本來尋常臘八粥，其中所和的是紅棗、蓮子、茨實、龍眼乾、赤豆之類，但眼前粥中所和之物卻菜不像菜，草不像草，有些似是切成細粒的樹根，有些似是壓成扁片的木薯，藥氣極濃。羣雄均知，毒物大都呈青綠之色，這一碗粥深綠如此，只映得人面俱碧，藥氣刺鼻，其毒可知。

高三娘子一聞到這藥味，心中便不禁發毛，想到在煮這臘八粥時，鍋中不知放進了多少毒蛇、蜈蚣、蜘蛛、蝎子，忍不住便要嘔吐，忙將粥碗推到桌邊，伸手掩住鼻子。

龍島主道：「各位遠道光臨，敝島無以爲敬。這碗臘八粥外邊倒還不易喝到，其中最主要的一味『斷腸蝕骨腐心草』，是本島的特產，要開花之後效力方著。但這草隔十年才開一次花。我們總要等其開花之後，這才邀請江湖同道來此同享，屈指算來，這是第四回邀請。請，請，不用客氣。」說著和木島主左手各端粥碗，右手舉箸相邀。

衆人一聽到「斷腸蝕骨腐心草」之名，心中無不打了個突。雖然來到島上之後，人人本都已沒打算活著離去，但臘八粥中所含毒草的名稱如此驚心動魄，這龍島主竟爾公然揭示，不由得人人色爲之變。

只見龍木二島主各舉筷子向衆人劃了個圓圈，示意遍請，便舉碗吃了起來。羣雄心想：「你們這兩碗粥中，放的自是人參燕窩之類的大補品了。」

忽見東首一條大漢霍地站起，戟指向龍木二人喝道：「姓龍的、姓木的聽著：我關西解文豹來到俠客島之前，早已料理了後事。解某是頂天立地、鐵錚錚的漢子，你們要殺要剮，姓解的豈能皺一皺眉頭？要我吃喝這等骯髒的毒物，卻萬萬不能！」

龍島主一愣，笑道：「解英雄不愛喝粥，我們豈敢相強？卻又何必動怒？請坐。」

解文豹喝道：「姓解的早豁出了性命不要。早死遲死，還不是個死？偏要得罪一下你們這些恃強橫行、爲禍人間的狗男女！」說著端起桌上熱粥，向龍島主劈臉擲去。

隔著兩隻桌子的一名老者突然站起，喝道：「解賢弟不可動粗！」袍袖一拂，發出一股勁風，半空中將這碗粥擋了一擋。那碗粥不再朝前飛出，略一停頓，便向下摔落，眼見一隻青花大海碗要摔成碎片，一碗粥濺得滿地。一名在旁斟酒的侍僕斜身縱出，弓腰長臂，伸手將海碗抄起，其時碗底離地已不過數寸，當眞險到了極處。

羣雄忍不住高聲喝采：「好俊功夫！」采聲甫畢，羣雄臉上憂色更深，均想：「一個侍酒的廝僕已具如此身手，我們怎能再活著回去？」各人心中七上八下，有的想到家中兒孫家產；有的想著尙有大仇未報；有的心想自己一死，本幫偌大基業不免就此風流雲散；更有人深自懊悔，既早算到俠客島邀宴之期將屆，何不及早在深山祕洞之中躲了起來？一直總存著僥倖之心，企盼邀宴銅牌不會遞到自己手中，待得大禍臨頭，又盼俠客島並非眞如傳聞中的厲害，此刻眼見那侍僕飛身接碗，連這最後一分的僥倖之心，終於也消失得無影無蹤。

一個身材高瘦的中年書生站了起來，朗聲道：「俠客島主屬下廝養，到得中原，亦足以成名立萬。兩位島主若欲武林爲尊，原本易如反掌，卻又何必花下偌大心機，將我們召來？在下來到貴島，自早不存生還之想，只是心中留著老大一個疑團，死不瞑目。還請二位島主開導，以啓茅塞，在下這便引頸就戮。」這番話原是大家都想說的，只不及他如此文謅謅的說得十分得體，人人聽了均覺深得我心，數百道目光又都射到龍木二島主臉上。

龍島主笑道：「西門先生不必太謙。」

羣雄一聽，不約而同的都向那書生望去，心想：「這人難道便是二十多年前名震江湖的西門秀才西門觀止？瞧他年紀不過四十來歲，但二十多年前，他以一雙肉掌擊斃陝北七霸，三日之間，以一枝鑌鐵判官筆連挑河北八座綠林山寨，聽說那時便已四十開外，自此之後，便即銷聲匿跡，不知存亡。瞧他年歲是不像，然複姓西門的本已不多，當今武林中更沒另一個書生打扮的高手，多半便是他了。」

只聽龍島主接著說道：「西門先生當年雙掌斃七霸，一筆挑八寨……」（羣雄均想：果然是他！）「……在下和木兄弟仰慕已久，今日得接尊範，豈敢對先生無禮？」

西門觀止道：「不敢，在下昔年此等小事，在中原或可逞狂於一時，但在二島主眼中瞧來，直如童子操刀，不值一哂。」

龍島主道：「西門先生太謙了。尊駕適才所問，我二人正欲向各位分說明白。只是這粥中的『斷腸蝕骨腐心草』乘熱而喝，效力較高，各位請先喝粥，再由在下詳言如何？」轉頭吩咐弟子：「將『臘八粥』分送給在各處石室中觀圖的各位貴賓，每人至少一碗。」幾名弟子應諾而去。

石破天聽著這二人客客氣氣的說話，成語甚多，倒有一半不懂，飢腸轆轆，早已餓得狠了，一聽龍島主如此說，忙端起粥碗，唏哩呼嚕的喝了大半碗，只覺藥氣雖然刺鼻，入口卻甜甜的並不難吃，頃刻間便喝了個碗底朝天。

羣雄有的心想：「這小子不知天高地厚，徒逞一時之豪，就是非死不可，也不用搶著去鬼門關啊。」有的心想：「左右是個死，像這位少年英雄那樣，倒也乾淨爽快。」白自在喝采：「妙極！我雪山派的孫女婿，果然與衆不同。」時至此刻，他兀自覺得天下各門各派之中，畢竟還是雪山派高出一籌，石破天很給他掙面子。

自經凌霄城石牢中一場搏鬥，白自在銳氣大挫，自忖那「古往今來劍法第一、拳腳第一、內功第一、暗器第一的大英雄、大豪傑、大俠士、大宗師」這個頭銜之中，「內功第一」四字勢須刪去；待見到那斟酒侍僕接起粥碗的身手，隱隱覺得那「拳腳第一」四字，恐怕也有點靠不住了，轉念又想：「俠客島上人物未必武功眞的奇高，這侍僕說不定便是俠客島上的第一高手，只不過裝作了侍僕模樣來嚇唬人而已。」

他見石破天漫不在乎的大喝毒粥，頗以他是「雪山派掌門的孫女婿」而得意，胸中豪氣陡生，當即端起粥碗，呼呼有聲的大喝了幾口，顧盼自雄：「這大廳之上，只有我和這小子膽敢喝粥，旁人那有這等英雄豪傑？」但隨即想到：「我是第二個喝粥之人，就算是英雄豪傑，卻也是天下第二了。我那頭銜中『大英雄、大豪傑』六字，又非刪除不可。」不由得大爲沮喪，自悔：「既然要喝毒粥，反正是個死，又何不第一個喝？現下成了『天下第二』，好生沒趣。」

他在那裏自怨自艾，龍島主以後的話就沒怎麼聽進耳中。龍島主說的是：「四十年前，我和木兄弟訂交，意氣相投，本想聯手江湖，在武林中賞善罰惡，好好做一番事業，不意甫出江湖，便發見了一張地圖。從那圖旁所注的小字中細加參詳，得悉圖中所繪的無名荒島之上，藏有一份驚天動地的武功秘訣……」

解文豹插口道：「這明明便是俠客島了，怎地是無名荒島？」那拂袖擋粥的老者喝道：「解兄弟不可打斷了龍島主的話頭。」解文豹悻悻的道：「你就是拚命討好，他也未必饒了你性命。」

那老者大怒，端起臘八粥，一口氣喝了大半碗，說道：「你我相交半生，你當我鄭光芝是甚麼人？」解文豹大悔，道：「大哥，是我錯了，小弟向你賠罪。」當即跪下，對著他磕了三個頭，順手拿起旁邊席上的一碗粥來，也一口氣喝了大半碗。鄭光芝搶過去抱住了他，說道：「兄弟，你我當年結義，立誓不能同年同月同日生，但願同年同月同日死。這番誓願今日果然得償，不枉了兄弟結義一場。」兩人相擁在一起，又喜又悲，都流下淚來。

石破天聽到他說「不能同年同月同日生、但願同年同月同日死」之言，不自禁的向張三、李四二人瞧去。

張三、李四相視一笑，目光卻投向龍島主和木島主。木島主略一點首。張三、李四越衆而出，各自端起一碗臘八粥，走到石破天席邊，說道：「兄弟，請！」

石破天忙道：「不，不！兩位哥哥，你們不必陪我同死。我只求你們將來去照看一下阿綉……」張三笑道：「兄弟，咱們結拜之日，曾經立誓，他日有難同當，有福共享。你既已喝了臘八粥，我們做哥哥的豈能不喝？」說著和李四二人各將一碗臘八粥喝得乾乾淨淨，轉過身來，躬身向兩位島主道：「謝師父賜粥！」這才回入原來行列。

羣雄見張三、李四為了顧念與石破天結義的交情，竟然陪他同死，比之本就難逃大限的鄭光芝和解文豹更難了萬倍，心下無不欽佩。

白自在尋思：「像這二人，才說得上一個『俠』字。倘若我的結義兄弟服了劇毒，我白自在能不能顧念金蘭之義，陪他同死？」想到這一節，不由得大為躊躇。又想：「我既有這片刻猶豫，就算終於陪人同死，那『大俠士』三字頭銜，已未免當之有愧。」

只聽得張三說道：「兄弟，這裏有些客人好像不喜歡這臘八粥的味兒，你若愛喝，不妨多喝幾碗。」石破天餓了半天，一碗稀粥原本不足以解飢，心想反正已經喝了，多一碗少一碗也沒多大分別，斜眼向身邊席上瞧去。

附近席上數人見到他目光射來，忙端起粥碗，紛紛說道：「這粥氣味太濃，我喝不慣。小英雄隨便請用，不必客氣。」眼見石破天一雙手接不了這許多碗粥，生怕張三反悔，失去良機，忙不迭的將粥碗放到石破天桌上。石破天道：「多謝！」一口氣又喝了兩碗。

龍島主微笑點頭，說道：「這位解英雄說得不錯，地圖上這座無名荒島，便是眼前各位處身所在的俠客島了。不過俠客島之名，是我和木兄弟到了島上之後，才給安上的。那倒也不是我二人狂妄僭越，自居俠客。其中另有緣故，各位待會便知。我們依著圖中所示，在島上尋找了十八天，終於找到了武功秘訣的所在。原來那是一首古詩的圖解，含義甚爲深奧繁複。我二人大喜之下，便即按圖解修習。

「唉！豈不知福兮禍所倚，我二人修習數月之後，忽對這圖解中所示武功生了歧見，我說該當如此練，木兄弟卻說我想法錯了，須得那樣練。二人爭辯數日，始終難以說服對方，當下約定各練各的，練成之後再來印證，且看到底誰錯。練了大半年後，我二人動手拆解，只拆得數招，二人都不禁駭然，原來……原來……」

他說到這裏，神色黯然，住口不言。木島主嘆了一口長氣，也大有鬱鬱之意。過了好一會，龍島主才又道：「原來我二人都練錯了！」

羣雄聽了，心頭都是一震，均想他二人的徒弟張三、李四武功已如此了得，他二人自然更加出神入化，深不可測，所修習的當然不會是尋常拳腳，必是最高深的內功，這內功一練錯，小則走火入魔，重傷殘廢，大則立時斃命，最是要緊不過。

只聽龍島主道：「我二人發覺不對，立時停手，相互辯難剖析，鑽研其中道理。也是我二人資質太差，而圖解中所示的功夫又太深奧，以致再鑽研了幾個月，仍然疑難不解。恰在此時，有一艘海盜船飄流到島上，我兄弟二人將三名盜魁殺了，對餘衆分別審訊，作惡多端的一一處死，其餘受人裹脅之徒便留在島上。我二人商議，所以鑽研不通這份古詩圖解，多半在於我二人多年練武，先入爲主，以致把練功的路子都想錯了，不如收幾名弟子，讓他們來想想。於是我二人從盜夥之中，選了六名識字較多、秉性聰穎而武功低微之人，分別收爲徒弟，也不傳他們內功，只指點了一些拳術劍法，要他們去參研圖解。

「那知我的三名徒兒和木兄弟的三名徒兒參研得固然各不相同，甚而同是我收的徒兒之間，三人的想法也大相逕庭，木兄弟的三名徒兒亦復如此。我二人再仔細商量，這份圖解是從李太白的一首古詩而來，我們是粗魯武人，不過略通文墨，終不及通儒學者之能精通詩理，看來若非文武雙全之士，難以眞正解得明白。於是我和木兄弟分入中原，以一年爲期，各收四名弟子，收的或是滿腹詩書的儒生，或是詩才敏捷的名士。」

他伸手向身穿黃衣和青衣的七八名弟子一指，說道：「不瞞諸位說，這幾名弟子若去應考，中進士、點翰林是易如反掌。他們初時來到俠客島，未必皆是甘心情願，但學了武功，又去研習圖解，卻個個死心塌地的留了下來，都覺得學武練功遠勝於讀書做官。」

羣雄聽他說：「學武練功遠勝於讀書做官。」均覺大獲我心，不少人都點頭稱是。

龍島主又道：「可是這八名士人出身的弟子一經參研圖解，各人的見地卻又各自不同，非但不能對我與木兄弟有所啓發，議論紛紜，反而讓我二人越來越胡塗了。「我們無法可施，大是煩惱，若說棄之而去，卻又無論如何狠不起心。有一日，木兄弟道：『當今之世，說到武學之精博，無過於少林高僧妙諦大師，咱們何不請他老人家前來指教一番？』我道：『妙諦大師隱居十餘年，早已不問世事，就只怕請他不到。』木兄弟道：『我們何不抄錄一兩張圖解，送到少林寺去請他老人家過目？倘若妙諦大師置之不理，只怕這圖解也未必有如何了不起的地方。咱們兄弟也就不必再去理會這勞什子了。』我道：『此計大妙，咱們不妨再錄一份，送到武當山愚茶道長那裏。少林、武當兩派的武功各擅勝場，這兩位高人定有卓見。』

「當下我二人將這圖解中的第一圖照式繪了，圖旁的小字注解也抄得一字不漏，親自送到少林寺去。不瞞各位說，我二人初時發見這份古詩圖解，略加參研後便大喜若狂，只道但須按圖修習，我二人的武功當世再無第三人可以及得上。但越加修習，越多疑難不解，待得決意去少林寺之時，先前那秘籍自珍、堅不示人的心情，早消得乾乾淨淨，只要有人能將我二人心中的疑團死結代爲解開，縱使將這份圖解公諸天下，亦不足惜了。

「到得少林寺後，我和木兄弟將圖解的第一式封在信封之中，請知客僧遞交妙諦大師。知客僧初時不肯，說道妙諦大師閉關多年，早已與外人不通音問。我二人便各取一個蒲團坐了，堵住了少林寺的大門，直坐了七日七夜，不令寺中僧人出入。知客僧無奈，才將那信遞了進去。」

羣雄均想：「他說得輕描淡寫，但要將少林寺大門堵住七日七夜，當眞談何容易？其間不知經過了多少場龍爭虎鬥。少林羣僧定因無法將他二人逐走，這才被迫傳信。」

龍島主續道：「那知客僧接過信封，我們便即站起身來，離了少林寺，到少室山山腳等候。等不到半個時辰，妙諦大師便即趕到，只問：『在何處？』木兄弟道：『還得去請一個人。』妙諦大師道：『不錯，要請愚茶！』

「三人來到武當山上，妙諦大師說道：『我是少林寺妙諦，要見愚茶。』不等通報，直闖進內。想少林寺妙諦大師是何等名聲，武當弟子誰也不敢攔阻。我二人跟隨其後。妙諦大師走到愚茶道長清修的苦茶齋中，拉開架式，將圖解第一式中的諸般姿式演了一遍，一言不發，轉身便走。愚茶道長又驚又喜，也不多問，便一齊來到俠客島上。「妙諦大師嫻熟少林諸般絕藝，愚茶道長劍法通神，那是武林中衆所公認的兩位頂尖兒人物。他二位一到島上，便去揣摩圖解，第一個月中，他兩位的想法尚是大同小異。第二個月時便已歧見叢生。到得第三個月，連他那兩位早已淡泊自甘的世外高人，也因對圖解所見不合，大起爭執，甚至……甚至，唉！竟爾動起手來。」

羣雄大是詫異，有的便問：「這兩位高人比武較量，卻是誰勝誰敗？」

龍島主道：「妙諦大師和愚茶道長各以從圖解上參悟出來的功夫較量，拆到第五招上，兩人所悟相同，登時會心一笑，罷手不鬥，但到第六招上卻又生了歧見。如此時鬥時休，轉瞬數月，兩人參悟所得始終是相同者少而相異者多，然而到底誰是誰非，孰高孰低，卻又難言。我和木兄弟詳行計議，均覺這圖解博大精深，以妙諦大師與愚茶道長如此修爲的高人，尚且只能領悟其中一臠，看來若要通解全圖，非集思廣益不可。常言道得好：三個臭皮匠，抵個諸葛亮。咱們何不廣邀天下奇材異能之士同來島上，各竭心思，一齊參研？

「恰好其時島上的『斷腸蝕骨腐心草』開花，此草若再配以其他佐使之藥，熬成熱粥，服後於我輩練武之士大有補益，於是我二人派出使者，邀請當世名門大派的掌門人、各教教主、各幫幫主，以及武功上各有異能絕技的名家大豪，來到敝島喝碗臘八粥，喝過粥後，再請他們去參研圖解。」

他這番話，各人只聽得面面相覷，將信將疑，人人臉上神色十分古怪。

過了好半晌，丁不四大聲道：「如此說來，你們邀人來喝臘八粥，純是一番好意了？」

龍島主道：「全是好意，也不見得。我和木兄弟自有一片自私之心，只盼天下的武學高人羣集此島，能助我兄弟解開心中疑團，將武學之道發揚光大，推高一層。但若說對衆位嘉賓意存加害，各位可是想得左了。」

丁不四冷笑道：「你這話豈非當面欺人？倘若只是邀人前來共同鑽研武學，何以人家不來，你們就殺人家滿門？天下那有如此強兇霸道的請客法子？」

龍島主點了點頭，雙掌一拍，道：「取賞善罰惡簿來！」便有八名弟子轉入內堂，每人捧了一疊簿籍出來，每一疊都有兩尺來高。龍島主道：「分給各位來賓觀看。」衆弟子分取簿籍，送到諸人席上。每本簿冊上都有黃箋注明某門某派某幫某家等字樣。

丁不四拿過來一看，只見箋上寫著「六合丁氏」四字，心中不由得一驚：「我兄弟是六合人氏，此事天下少有人知，俠客島孤懸海外，消息可靈得很啊。」翻將開來，只見注明某年某月某日，丁不三在何處幹了何事；某年某月某日，丁不四在何處又幹了何事。雖然未能齊備，但自己二十年來的所作所為，凡犖犖大者，簿中都有書明。

丁不四額上汗水涔涔而下，偷眼看旁人時，大都均臉現狼狽尷尬之色，只石破天自顧喝粥，不去理會擺在他面前那本注有「長樂幫」三字的簿冊。他一字不識，全不知上面寫的是甚麼東西。

過了一頓飯時分，龍島主道：「收了賞善罰惡簿。」羣弟子分別將簿籍收回。

龍島主微笑道：「我兄弟分遣下屬，在江湖上打聽訊息，並非膽敢刺探朋友們的隱私，只是得悉有這麼一會子事，便記了下來。凡是給俠客島剿滅的門派幫會，都是罪大惡極、天所不容之徒。我們雖不敢說替天行道，然而是非善惡，卻也分得清清楚楚。在下與木兄弟均想，我們既住在這俠客島上，所作所為，總須對得住這『俠客』兩字才是。我們只恨俠客島能為有限，不能盡誅普天下的惡徒。各位請仔細想一想，有那一個名門正派或是行俠仗義的幫會，是因為不接邀請銅牌而給俠客島誅滅了的？」

隔了半晌，無人置答。

龍島主道：「因此上，我們所殺之人，其實無一不是罪有應得……」

白自在忽然插口說道：「河北通州聶家拳聶老拳師聶立人，並無甚麼過惡，何以你們將他滿門殺了？」

龍島主抽出一本簿子，隨手輕揮，說道：「威德先生請看。」那簿冊緩緩向白自在飛了過去。白自在伸手欲接，不料那簿冊突然間在空中微微一頓，猛地筆直墜落，在白自在中指外二尺之處跌向席上。

白自在急忙伸手一抄，才將簿册接住，不致落入席上粥碗之中，當場出醜。簿籍入手，頗有重甸甸之感，不由得心中暗驚：「此人將一本厚只數分的帳簿隨手擲出，來勢甚緩而力道極勁，遠近如意，變幻莫測，實有傳說中所謂『飛花攻敵、摘葉傷人』之能。以這般手勁發射暗器，又有誰閃避擋架得了？我自稱『暗器第一』，這四個字非摘下不可。」

只見簿面上寫著「河北通州聶家拳」七字，打開簿子，第一行觸目驚心，便是「庚申五月初二，聶宗台在滄州郝家莊姦殺二命，留書嫁禍於黑虎寨盜賊」，第二行書道：「庚申十月十七，聶宗泰在濟南府以小故擊傷劉文質之長子，當夜殺劉家滿門一十三人滅口。」聶宗台、聶宗泰都是聶老拳師的兒子，在江湖上頗有英俠之名，想不到暗中竟無惡不作。

白自在沉吟道：「這些事死無對證，也不知是眞是假。在下不敢說二位島主故意濫殺無辜，但俠客島派出去的弟子誤聽人言，只怕也是有的。」

張三突然說道：「威德先生既是不信，請你不妨再瞧瞧一件東西。」說著轉身入內，隨即回出，右手一揚，一本簿籍緩緩向白自在飛去，也是飛到他身前二尺之處，突然下落，手法與龍島主一般無異。白自在已然有備，伸手抄起，入手的份量卻比先前龍島主擲簿時輕得多了，打了開來，卻見是聶家的一本帳簿。

白自在少年時便和聶老拳師相稔，識得他的筆跡，見那帳簿確是聶老拳師親筆所書，一筆筆都是銀錢來往。其中一筆之上注以「可殺」兩個硃字，這兩字卻是旁人所書。這一筆帳是：「初八，買周家村田八十三畝二分，價銀七十兩。」白自在心想：「七十兩銀子買了八十多畝田，這田買得忒也便宜，其中定有威逼強買之情。」

又看下去，見另一筆帳上又寫了「可殺」兩個硃字，這一筆帳是：「十五，收通州張縣尊來銀二千五百兩。」心想：「聶立人好好一個俠義道，為甚麼要收官府的錢財，那多半是勾結貪官污吏，欺壓良善，做那傷天害理的勾當了。」

一路翻將下去，出現「可殺」二字的不下五六十處，情知這硃筆二字是張三或李四所批，每一筆收支之中，顯然都隱藏著卑鄙無恥的狠惡行徑，不由得掩卷長嘆，說道：「知人知面不知心！這聶立人當真可殺。姓白的倘若早得幾年見了這本帳簿，俠客島就算對他手下留情，姓白的也要殺他全家。」說著站起身來，走到張三身前，雙手捧著帳簿還了給他，說道：「佩服，佩服！」

轉頭向龍木二島主瞧去，景仰之情，油然而生，尋思：「俠客島門下高弟，不但武功卓絕，而且行事周密，主持公道。如何賞善我雖不知，但罰惡這等公正，賞善自也妥當。『賞善罰惡』四字，當眞名不虛傳。我雪山派門下弟子人數雖多，卻那裏有張三、李四這等人才？唉，『大宗師』三字，倘再加在白自在頭上，寧不令人汗顏？」

龍島主似猜到了他心中念頭，微笑道：「威德先生請坐。先生久居西域，對中原那批衣冠禽獸的所作所爲，多有未知，也怪先生不得。」白自在搖搖頭，回歸己座。

丁不四大聲道：「如此說來，俠客島過去數十年中殺了不少人，那些人都是罪有應得；邀請武林同道前來，用意也只在共同參研武功？」

龍木二島主同時點頭，說道：「不錯！」

丁不四又道：「那爲甚麼將來到島上的武林高手個個都害死了，竟令他們連屍骨也不得還鄉？」龍島主搖頭道：「丁先生此言差矣！道路傳言，焉能盡信？」丁不四道：「依龍島主所說，那麼這些武林高手，一個都沒有死？哈哈，可笑啊，可笑！」

龍島主仰天大笑，也道：「哈哈，可笑啊，可笑！」

丁不四愕然問道：「有甚麼可笑？」龍島主笑道：「丁先生是敝島貴客。丁先生既說可笑，在下只有隨聲附和，也說可笑了。」丁不四道：「三十年中，來到俠客島喝臘八粥的武林高手，沒有三百，也有兩百。龍島主居然說他們尚都健在，豈非可笑？」龍島主道：「凡人皆有壽數天年，大限既屆，若非大羅金仙，焉得不死？只要並非俠客島醫治不力，更非我們下手害死，也就是了。」

丁不四側過頭想了一會，道：「那麼在下向龍島主打聽一個人。有一個女子，名叫……名叫這個芳姑，聽說二十年前來到了俠客島上，此人可曾健在？」龍島主道：「這位女俠姓甚麼？多大年紀？是那一個門派幫會的首腦？」丁不四道：「姓甚麼……這可不知道了，本來是應該姓丁的……」

那蒙面女子突然尖聲說道：「就是他的私生女兒。這姑娘可不跟爺姓，她跟娘姓，叫作梅芳姑。」丁不四臉上一紅，道：「嘿嘿，姓梅就姓梅，用不著這般大驚小怪。她……她今年約莫四十歲……」那女子尖聲道：「甚麼約莫四十歲？是三十九歲。」丁不四道：「好啦，好啦，是三十九歲。她也不是甚麼門派的掌門，更不是甚麼幫主教主，只不過她學的梅花拳，天下只她一家，多半是請上俠客島來了。」

木島主搖頭道：「梅花拳？沒資格。」那蒙面女子尖聲道：「梅花拳為甚麼沒資格？我……我這不是收到了你們的邀宴銅牌？」木島主搖頭道：「不是梅花拳。」

龍島主道：「梅女俠，我木兄弟說話簡潔，不似我這等囉唆。他意思說，我們邀請你來俠客島，不是為了梅女俠的家傳梅花拳，而是在於你兩年來新創的那套劍法。」

那姓梅女子奇道：「我的新創劍法，從來沒人見過，你們又怎地知道？」她說話聲音十分尖銳刺耳，令人聽了甚不舒服，話中含了驚奇之意，更是難聽。

龍島主微微一笑，向兩名弟子各指一指。那兩名弟子一個著黃衫、一個著青衫，立即踏上幾步，躬身聽令。龍島主道：「你們將梅女俠新創的這套劍法試演一遍，有何不到之處，請梅女俠指正。」

兩名弟子應道：「是。」走向倚壁而置的一張几旁。黃衫弟子在几上取過一柄鐵劍，青衫弟子取過一條軟鞭，向那姓梅女子躬身說道：「請梅女俠指教。」隨即展開架式，縱橫擊刺，鬥了起來。廳上羣豪都是見聞廣博之人，但黃衫弟子所使的這套劍法卻是從所未見。

那女子不住口道：「這可奇了，這可奇了！你們幾時偷看到的？」

石破天看了數招，心念一動：「這青衫人使的，可不是丁不四爺爺的金龍鞭法麼？」果然聽得丁不四大聲叫了起來：「喂，你創了這套劍法出來，針對我的金龍鞭法，那是甚麼用意？」那青衫弟子使的果然正是金龍鞭法，但一招一式，都遭黃衫弟子的新奇劍法所剋制。那蒙面女子冷笑數聲，並不回答。

丁不四越看越怒，喝道：「想憑這劍法抵擋我金龍鞭法，只怕還差著一點。」一句話剛出口，便見那黃衫弟子劍法一變，招招十分刁鑽古怪，陰毒狠辣，簡直有點下三濫味道，絕無絲毫名家風範。

丁不四叫道：「胡鬧，胡鬧！那是甚麼劍法？呸，這是潑婦劍法。」心中卻不由得暗暗吃驚：「倘若真和她對敵，陡然間遇上這等下作打法，只怕便著了她道兒。」然而這等陰毒招數畢竟只合用於偷襲暗算，不宜於正大光明的相鬥，丁不四心下雖驚訝不止，但一面卻也暗自欣喜：「這種下流撒潑的招數倘若驟然向我施爲，確然不易擋架，但既給我看過了一次，那就毫不足畏了。旁門左道之術，終究是可一而不可再。」

風良、高三娘子、呂正平、范一飛四人曾在丁不四手下吃過大苦頭，眼見他這路金龍鞭法給對方層出不窮的怪招剋制得縛手縛腳，都忍不住大聲喝采。

丁不四怒道：「叫甚麼好？」風良笑道：「我是叫丁四爺子金龍鞭法的好！」高三娘子笑道：「金龍鞭法妙極。氣死我了，氣死我了，氣死我了！」連叫三聲「氣死我了」，學的便是那日丁不四在飯店中挑釁生事之時的口吻。

那青衫弟子一套金龍鞭法使了大半，突然揮鞭舞個圈子。黃衫弟子便即收招。青衫弟子將軟鞭放回几上，空手又和黃衫弟子鬥將起來。

看得招數，石破天「咦」的一聲，說道：「丁家的拳腳。」原來青衫弟子所使的，竟是丁不三的擒拿手，以及丁不四教過他的各種拳腳。甚麼「鳳尾手」、「虎爪手」、「玉女拈針」、「夜叉鎖喉」等等招式，全是丁璫在長江船上曾經教過他的，連丁不四用來避開和他比拚內勁的那招「天王托塔」，也都使了出來。丁不四更加惱怒，大聲說道：「姓梅的，你衝著我兄弟而來，到底是甚麼用意？這……這……這不是太也莫名其妙麼？」在他心中，自然知道那姓梅的女子處心積慮，要報復他對她姊姊始亂終棄的負心之罪。

眼見那黃衫弟子剋制丁氏拳腳的劍法陰狠毒辣，甚麼撩陰挑腹、剜目戳臀，無所不至，但那青衫弟子儘也抵擋得住。突然之間，那黃衫弟子橫劍下削，青衫弟子躍起閃避。黃衫弟子拋下手中鐵劍，雙手攔腰將青衫弟子抱住，一張口，咬住了他咽喉。

丁不四驚呼：「啊喲！」這一口似乎便咬在他自己喉頭一般。他一顆心怦怦亂跳，知道這一抱一咬，配合得太過巧妙，自己萬萬躲避不過。

青衫弟子放開雙臂，和黃衫弟子同時躬身，向丁不四及那蒙面女子道：「請丁老前輩、梅女俠指正。」再向龍木二島主行禮，拾起鐵劍，退入原來行列。

姓梅的女子尖聲說道：「你們暗中居然將我手創的劍法學去了七八成，倒也不容易得很。可是這麼演了給他看過，那……那可……」

丁不四怒道：「這種功夫不登大雅之堂，亂七八糟，不成體統，有甚麼難學？」白自在插口道：「甚麼不成體統？你丁不四倘若乍然相遇，手忙腳亂之下，身上十七八個窟窿也給人家刺穿了。」丁不四怒道：「你倒來試試。」白自在道：「總而言之，你不是梅女俠的敵手。她在你喉頭咬這一口，你本領再強十倍，也決計避不了。」

姓梅的女子尖聲道：「誰要你討好了？我和史小翠比，卻又如何？」白自在道：「差得遠了。我夫人不在此處，我夫人的徒兒卻到了俠客島上，喂，孫女婿，你去跟她比比。」

石破天道：「我看不必比了。」那姓梅女子問道：「你是史小翠的徒兒？」石破天道：「是。」那女子道：「怎麼你又是他的孫女婿？沒上沒下，亂七八糟，一窩子的狗雜種，是不是？」石破天道：「是，我是狗雜種。」那女子一怔，忍不住尖聲大笑。

木島主道：「夠了！」雖只兩個字，聲音卻十分威嚴。那姓梅女子一呆，登時止聲。

龍島主道：「梅女俠這套劍法，平心而論，自不及丁家武功的精奧。不過梅女俠能自創新招，天資穎悟，這些招術中又有不少異想天開之處，因此我們邀請來到敝島，盼能對那古詩的圖解提出新見。至於梅花拳麼，那是祖傳之學，也還罷了。」

梅女俠道：「如此說來，梅芳姑沒來到俠客島？」龍島主搖頭道：「沒有。」梅女俠頹然坐倒，喃喃的道：「我姊姊……我姊姊臨死之時，就是掛念她這個女兒……」

龍島主向站在右側第一名的黃衫弟子道：「你給她查查。」

那弟子道：「是。」轉身入內，捧了幾本簿子出來，翻了幾頁，伸手指著一行字，朗聲讀道：「梅花拳掌門梅芳姑，生父姓丁，即丁……（他讀到這裏，含糊其詞，人人均知他是免得丁不四難堪）……自幼隨母學藝，十八歲上……其後隱居於豫西盧氏縣與陝東商州之間熊耳山之枯草嶺。」

丁不四和梅女俠同時站起，齊聲說道：「她是在熊耳山中？你怎知道？」

那弟子道：「我本來不知，是簿上這麼寫的。」

丁不四道：「連我也不知，這簿子上又怎知道？」

龍島主朗聲道：「俠客島不才，以維護武林正義爲己任，賞善罰惡，秉公施行。武林朋友的所作所爲，一動一靜，我們自當詳加記錄，以憑查核。」

那姓梅女子道：「原來如此。那麼芳姑她……她是在熊耳山的枯草嶺中……」凝目向丁不四瞧去。只見他臉有喜色，但隨即神色黯然，長嘆一聲。那姓梅女子也輕輕嘆息。兩人均知，雖然獲悉了梅芳姑的下落，今生今世卻再也無法見她一面了。

石破天轉身向石壁瞧去，不由得駭然失色。只見石壁上一片片石屑正自慢慢跌落，滿壁的蝌蚪文字也已七零八落，殘破斷缺。

二十 「俠客行」

趙客縵胡纓，吳鈎霜雪明。銀鞍照白馬，颯沓如流星。
十步殺一人，千里不留行。事了拂衣去，深藏身與名。
閑過信陵飲，脱劍膝前横。將炙啖朱亥，持觴勸侯嬴。
三杯吐然諾，五嶽倒爲輕。眼花耳熱後，意氣素霓生。
救趙揮金鎚，邯鄲先震驚。千秋二壯士，烜赫大梁城。
縱死俠骨香，不慚世上英。誰能書閣下，白首太玄經？

龍島主道：「眾位心中尚有甚麼疑竇，便請直言。」

白自在道：「龍島主說是邀我們來看古詩圖解，那到底是甚麼東西，便請賜觀如何？」

龍島主和木島主一齊站起。龍島主道：「正要求教於各位高明博雅君子。」

四名弟子走上前來，抓住兩塊大屏風的邊緣，向旁緩緩拉開，露出一條長長的甬道。龍木二島主齊聲道：「請！」當先領路。

羣雄均想：「這甬道之內，定是布滿了殺人機關。」不由得都臉上變色。白自在道：「孫女婿，咱爺兒倆打頭陣。」石破天道：「是！」白自在攜著他手，當先而行，口中哈哈大笑，笑聲之中卻不免有些顫抖。餘人料想在劫難逃，一個個跟隨在後。有十餘人坐在桌旁始終不動，俠客島上的衆弟子侍僕卻也不加理會。

白自在等行出十餘丈，來到一道石門之前，門上刻著三個斗大古隸：「俠客行」。石破天自然不識，也不以爲意。

一名黃衫弟子上前推開石門，說道：「洞內有二十四座石室，各位可請隨意來去觀看，看得厭了，可到洞外散心。一應飲食，每間石室中均有置備，各位隨意取用，不必客氣。」丁不四冷笑道：「一切都是隨意，可客氣得很啊。就是不能『隨意離島』，是不是？」

龍島主哈哈大笑，說道：「丁先生何出此言？各位來到俠客島是出於自願，若要離去，又有誰敢強留？海灘邊大船小船一應俱全，各位何時意欲歸去，儘可自便。」

羣雄一怔，沒想到俠客島竟如此大方，去留任意，當下好幾個人齊聲問道：「我們現下就要去了，可不可以？」龍島主道：「自然可以啊，各位當我和木兄弟是甚麼人了？我們待客不周，已感慚愧，豈敢強留嘉賓？」羣雄心下一寬，均想：「既然如此，待看了那古詩圖解是甚麼東西，便即離去。他說過不強留賓客，以他的身分，總不能說過了話不算。」

各人絡繹走進石室，只見東面是塊打磨光滑的大石壁，石壁旁點燃著八根大火把，照耀明亮。壁上刻得有圖有字。石室中已有十多人，有的注目凝思，有的打坐練功，有的閉著雙目喃喃自語，更有三四人在大聲爭辯。桌上放了不少空著的大瓷碗，當是盛過臘八粥而給石室中諸人喝空了的。

白自在陡然見到一人，向他打量片刻，驚道：「溫三兄，你……你……你在這裏？」這個不住在石室中打圈的黑衫老者溫仁厚，是山東八仙劍的掌門，和白自在交情著實不淺。然而他見到白自在時並不如何驚喜，只淡淡一笑，說道：「怎麼到今天才來？」

白自在道：「十年前我聽說你讓俠客島邀來喝臘八粥，只道你……只道你早就仙去了，曾大哭了幾場，那知道……」溫仁厚道：「我好端端在這裏研習上乘武功，怎麼就會死了？可惜，可惜你來得遲了。你瞧，這第一句『趙客縵胡纓』，其中對這個『胡』字的注解說：『胡者，西域之人也。新唐書承乾傳云：數百人習音聲學胡人，椎髻剪綵爲舞衣……』」一面說，一面指著石壁上的小字注解，讀給白自在聽。

白自在乍逢良友，心下甚喜，既急欲詢問別來種切，又要打聽島上情狀，問道：「溫三兄，這十年來你起居如何？怎地也不帶個信到山東家中？」

溫仁厚瞪目道：「你說甚麼？這『俠客行』的古詩圖解，包蘊古往今來最最博大精深的武學秘奧，咱們竭盡心智，尚自不能參悟其中十之一二，那裏還能分心去理會世上俗事？你看圖中此人，絕非燕趙悲歌慷慨的豪傑之士，卻何以稱之爲『趙客』？要解通這一句，自非先明白這重要關鍵不可。」

白自在轉頭看壁上繪的果是個青年書生，左手執扇，右手飛掌，神態甚是優雅瀟洒。溫仁厚道：「白兄，我最近揣摩而得，圖中人儒雅風流，本該是陰柔之象，注解中卻說：『須從威猛剛強處著手』，那當然說的是陰柔爲體、陽剛爲用，這倒不難明白。但如何爲『體』，如何爲『用』，中間實有極大學問。」

白自在點頭道：「不錯。溫兄，這是我的孫女婿，你瞧他人品還過得去罷？小子，過來見過溫三爺爺。」

石破天走近，向溫仁厚跪倒磕頭，叫了聲：「溫三爺爺。」溫仁厚道：「好，好！」但正眼也沒向他瞧上一眼，左手學著圖中人的姿式，右手突然發掌，呼的一聲，直擊出去，說道：「左陰右陽，陰陽共濟，多半是這道理了。」石破天心道：「這溫三爺爺的掌力好生了得。」

白自在誦讀壁上所刻注解：「莊子說劍篇云：『太子曰：吾王所見劍士，皆蓬頭突鬢，垂冠，縵胡之纓，短後之衣。』司馬注云：『縵胡之纓，謂粗纓無文理也。』溫兄，『縵胡』二字應當連在一起，『縵胡』就是粗糙簡陋，『縵胡纓』是說他頭上所帶之纓並不精致，並非說他帶了胡人之纓。這個『胡』字，是胡裏胡塗之胡，非西域胡人之胡。」

溫仁厚搖頭道：「不然，你看下一句注解：『左思魏都賦云：縵胡之纓。注：銑曰，縵胡，武士纓名。』這是一種武士所戴之纓，可粗陋，也可精致。前幾年我曾向涼州果毅門掌門人康崑請教過，他是西域胡人，於胡人之事無所不知。他說胡人武士冠上有纓，那形狀是這樣的……」說著蹲了下來，用手指在地下畫圖示形。

白自在又讀壁上所刻注解道：「成玄瑛疏云：『曼胡之纓，謂屯項抹額也。』權德輿文集中有云：『比屋之人，被縵胡而揮孟勞』，孟勞是寶刀名，縵胡可被，乃衣之一種，非纓也。照成玄瑛的解釋，那是連帽子的披風，《穀梁傳》中就有了，跟胡人並不相干……」

石破天聽他二人議論不休，自己全然不懂，石壁上的注解又一字不識，聽了半天，全無趣味，便即離去，信步來到第二間石室。一進門便見劍氣縱橫，七對人各使長劍，正在較量，劍刃撞擊，錚錚不絕。這些人所使劍法似各不相同，但變幻奇巧，顯然均極精奧。

只見兩人拆了數招，便即罷鬥，一個白鬚老者說道：「老弟，你剛才這一劍設想雖奇，但你要記得，這一路劍法的總綱，乃『吳鉤霜雪明』五字。吳鉤者，彎刀也，出劍之時，總須念念不忘『彎刀』二字，否則不免失了本意。以刀法運劍，那並不難，但當使直劍如彎刀，直中有曲，曲中有直，方是『吳鉤霜雪明』這五字的宗旨。」

另一個黑鬚老者搖頭道：「大哥，你卻忘了另一個要點。你瞧壁上的注解說：鮑照樂府：『錦帶佩吳鉤』，又李賀詩云：『男兒何不帶吳鉤』。這個『佩』字，這個『帶』字，才是詩中最要緊的關鍵所在。吳鉤雖是彎刀，卻是佩帶在身，並非拿出來使用。那是說劍法之中當隱含吳鉤之勢，圓轉如意，卻不是眞的彎曲。」白鬚老者道：「然而不然。『吳鉤霜雪明』，精光閃亮，就非入鞘之吳鉤，利器佩帶在身而不入鞘，焉有是理？」

石破天不再聽二人爭執，走到另外二人身邊，見那二人鬥得極快，一個劍招凌厲，著著進攻，另一個卻以長劍不住劃著圓圈，將對方劍招盡數擋開。驟然間錚的一聲響，雙劍齊斷，兩人同時向後躍開。

那身材魁梧的黑臉漢子道：「這壁上的注解說道：白居易詩云：『勿輕直折劍，猶勝曲全鉤。』可見我這直折之劍，方合石壁注文原意。」

另一個是個老道，石破天認得他便是上清觀的掌門人天虛道人，是石莊主夫婦的師兄。石破天心下凜凜，生怕他見了自己便會生氣，那知他竟似沒見到自己，手中拿著半截斷劍，不住搖頭，說道：「『吳鉤霜雪明』是主，『猶勝曲全鉤』是賓。喧賓奪主，必非正道。」

石破天聽他二人又賓又主的爭了半天，自己一點不懂，舉目又去瞧西首一男一女比劍。這男女兩人出招十分緩慢，每出一招，總是比來比去，有時男的側頭凝思半晌，有時女的將一招劍招使了八九遍猶自不休，顯然二人不是夫婦，便是兄妹，又或是同門，相互情誼甚深，正在齊心合力的鑽研，絕無半句爭執。

石破天心想：「跟這二人學學，多半可以學到些精妙劍法。」慢慢的走將過去。只見那男子凝神運氣，挺劍斜刺，刺到半途，便即收回，搖了搖頭，神情甚是沮喪，嘆了口氣，道：「總是不對。」那女子安慰他道：「遠哥，比之五個月前，這一招可大有進境了。咱們再想想這一條注解：『吳鉤者，吳王闔廬之寶刀也。』爲甚麼吳王闔廬的寶刀，與別人的寶刀就有不同？」

那男子收起長劍，誦讀壁上注解道：「『吳越春秋云：闔廬既寶莫邪，復命於國中作金鉤，令曰：能爲善吳鉤者，賞之百金。吳作鉤者甚衆。而有人貪王之重賞也，殺其二子，以血釁金，遂成二鉤，獻於闔廬。』倩妹，這故事甚是殘忍，爲了吳王百金之賞，竟殺死了自己的兩個兒子。」那女子道：「我猜想這『殘忍』二字，多半是這一招的要訣，須當下手不留餘地，縱然是親生兒子，也要殺了。否則壁上的注釋文字，何以特地注明這一節。」

石破天見這女子不過四十來歲年紀，容貌清秀，但說到殺害親子之時，竟全無悽惻之心，不願再聽下去。舉目向石壁瞧去，見壁上密密麻麻的刻滿了字，但見千百文字之中，有些筆劃宛然便是一把把長劍，共有二三十把。

這些劍形或橫或直，或撇或捺，在識字之人眼中，只是一個字中的一筆，但石破天既不識字，見到的卻是一把把長長短短的劍，有的劍尖朝上，有的向下，有的斜起欲飛，有的橫掠欲墮，石破天一把劍一把劍的瞧將下來，瞧到第十二柄劍時，突然間右肩「巨骨穴」間一熱，有一股熱氣蠢蠢欲動，再看第十三柄劍時，熱氣順著經脈，到了「五里穴」中，再看第十四柄劍時，熱氣跟著到了「曲池穴」中。熱氣越來越盛，從丹田中不斷湧將上來。

石破天暗自奇怪：「我自從練了木偶身上的經脈圖之後，內力大盛，但從不像今日這般勁急，肚子裏好似火燒一般，只怕是那臘八粥的毒性發作了。」他不由得有些害怕，再看石壁上所繪劍形，內力便自行按著經脈運行，腹中熱氣緩緩散之於周身穴道，當下自第一柄劍從頭看起，順著劍形而觀，心內存想，內力流動不息，如川之行。從第一柄劍看到第二十四柄時，內力也自「迎香穴」而至「商陽穴」運行了一周。

他暗自尋思：「原來這些劍形與內力的修習有關，只可惜我不識得壁上文字，否則依法修習，倒可學到一套劍法。是了，白爺爺尚在第一室中，我去請他解給我聽。」

於是回到第一室中，只見白自在和溫仁厚二人手中各執一柄木劍，拆幾招，辯一陣，又指著石壁上文字，各持己見，互指對方的謬誤。

石破天拉拉白自在的衣袖，問道：「爺爺，那些字說些甚麼？」

白自在解了幾句。溫仁厚插口道：「錯了，錯了！白兄，你武功雖高，但我在此間已有十年，難道這十年功夫都是白費的？總有些你沒領會到的心得罷？」白自在道：「武學猶如佛家的禪宗，十年苦參，說不定還不及一夕頓悟。我以爲這一句的意思是這樣……」溫仁厚連連搖頭，道：「大謬不然。」

石破天聽二人爭辯不休，心想：「壁上文字的注解如此難法，剛才龍島主說，他們邀請了無數高手、許多極有學問的人來商量，幾十年來，仍弄不明白。我隻字不識，何必去跟他們一同傷腦筋？」

在石室中信步來去，只聽得東一簇、西一堆的人個個議論紛紜，各抒己見，要找個人來閒談幾句也不可得，獨自甚爲無聊，又去觀看石壁上的圖形。

他在第二室中觀看二十四柄劍形，發覺長劍的方位指向，與體內經脈暗合，這第一圖中卻只一個青年書生，並無其他圖形。看了片刻，覺得圖中人右袖揮出之勢飄逸好看，不禁多看了一會，突然間只覺得右脅下「淵腋穴」上一動，一道熱線沿著「足少陽膽經」，向著「日月」、「京門」二穴行去。

他心中一喜，再細看圖形，見構成圖中人身上衣摺、面容、扇子的線條，一筆筆均有貫串之意，當下順著氣勢一路觀將下來，果然自己體內的內息也依照線路運行。尋思：「圖畫的筆法與體內經脈相合，想來這是最粗淺的道理，這裏人人皆知。只是那些高深武學我沒法領會，左右無事，便如當年照著泥偶身上線路練功一般，在這裏練些粗淺功夫玩玩，等白爺爺領會了上乘武學，咱們便可一起回去啦。」

尋到了圖中筆法的源頭，依勢練了起來。這圖形的筆法與世上書畫大不相同，筆劃順逆頗異常法，好在他從來沒學過寫字，自不知無論寫字畫圖，每一筆都該自上而下、自左而右，雖然勾挑是自下而上，曲撇是自右而左，然而均係斜行而非直筆。這圖形中卻是自下而上、自右向左的直筆甚多，與書畫筆意往往截然相反，拗拙非凡。他可絲毫不以爲怪，照樣習練。換作一個學寫字寫過幾十天的蒙童，便決計不會順著如此的筆路存想了。

圖中筆畫上下倒順，共八十一筆。石破天練了三十餘筆後，腹中覺飢，見石室四角几上擺滿麵點茶水，便過去吃喝一陣，到外邊廁所中小解了，回來又依著筆路照練。

石室中燈火明亮，他倦了便倚壁而睡，餓了伸手便取糕餅而食，也不知過了多少時候，已將第一圖的八十一筆內功記得純熟，去尋白自在時，已不在室中。

石破天微感驚慌，叫道：「爺爺，爺爺！」奔到第二室中，一眼便見白自在手持木劍，正和一位童顏鶴髮的老道鬥劍。兩人劍法似乎都甚鈍拙，但雙劍上發出嗤嗤聲響，乃各以上乘內力注入了劍招之中。只聽得呼一聲大響，白自在手中木劍脫手飛出，那老道手中的木劍卻也斷爲兩截。兩人同時退開兩步。

那老道微微一笑，說道：「威德先生，你天授神力，老道甘拜下風。然而咱們比的是劍法，可不是比內力。」白自在道：「愚茶道長，你劍法比我高明，我是佩服的。但這是你武當派世傳的武學，卻不是石壁上劍法的本意。」愚茶道人斂起笑容，點了點頭，道：「依你說卻是如何？」白自在道：「這一句『吳鉤霜雪明』這個『明』字，大有道理……」

石破天走到白自在身畔，說道：「爺爺，咱們回去了，好不好？」白自在奇道：「你說甚麼？」石破天道：「這裏龍島主說，咱們甚麼時候想走，隨時可以離去。海灘邊有許多船隻，咱們可以走了。」白自在怒道：「胡說八道！爲甚麼這樣心急？」

石破天見他發怒，有些害怕，說道：「婆婆在那邊等你呢，她說要等你三個月，只等到三月初八。倘若三月初八還不見你回去，她便要投海自盡。」白自在一怔，道：

「三月初八？咱們是臘月初八到的，還只過了兩三天，日子長著呢，怕甚麼？慢慢再回去好了。」

石破天掛念著阿綉，回想到那日她站在海灘上送別，神色憂愁，情切關心，眞正互相當是「心肝寶貝」，恨不得插翅便飛了回去，但見白自在全心全意沉浸於這石壁武學，實無絲毫去意，總不能捨他自回，不敢再說，信步走到第三座石室。

一踏進石室，便覺風聲勁急，三個勁裝老者展開輕功，正在迅速異常的奔行。這三人奔得快極，只帶得滿室生風。三人腳下追逐奔跑，口中卻不停說話，語氣甚爲平靜，足見內功修爲都是甚高，竟不因疾馳而令呼吸急促。

只聽第一個老者道：「這一首『俠客行』乃大詩人李白所作。但李白是詩仙，卻不是劍仙，何以短短一首二十四句的詩中，卻含有武學至理？」第二人道：「創製這套武功的才是一位震古鑠今、不可企及的武學大宗師。他老人家不過借用了李白這首詩，來抒寫他的神奇武功。咱們不可太鑽牛角尖，拘泥於李白這首『俠客行』的詩意。」

第三人道：「紀兄之言雖極有理，但這句『銀鞍照白馬』，如離開了李白的詩意，便不可索解。」第一個老者道：「是啊。不但如此，我以爲還得和第四室中那句『颯沓如流星』連在一起，方爲正解。解釋詩文固不可斷章取義，咱們研討武學，也不能斷章取義才是。」

石破天暗自奇怪，他三人商討武功，爲何不坐下來慢慢談論，卻如此足不停步的你追我趕？但片刻之間便即明白了。只聽那第二個老者道：「你既自負於這兩句詩所悟比我爲多，爲何用到輕功之上，卻也不過爾爾，始終追我不上？」第一個老者笑道：「難道你又追得我上了？」只見三人越奔越急，衣襟帶風，連成了一個圓圈，但三人相互間距離始終不變，顯是三人功力相若，誰也不能稍有超越。

石破天看了一會，轉頭去看壁上所刻圖形，見畫的是一匹駿馬，昂首奔行，腳下雲氣瀰漫，便如是在天空飛行一般。他照著先前法子，依著那馬的去勢存想，內息卻毫無動靜，心想：「這幅圖中的功夫，和第一二室中的又自不同。」

再細看馬足下的雲氣，只見一團團雲霧似乎在不斷向前推湧，直如意欲破壁飛出，他看得片刻，內息翻湧，不由自主的拔足便奔。他繞了一個圈子，向石壁上的雲氣瞧了一眼，內息推動，又繞了一個圈，只是他沒學過輕功，足步踉蹌，姿式歪歪斜斜的十分拙劣，奔行又遠不如那三個老者迅速。三個老者每繞七八個圈子，他才繞了一個圈子。

耳邊廂隱隱聽得三個老者出言譏嘲：「那裏來的少年，竟也來學咱們一般奔跑？哈哈，這算甚麼樣子？」「這般的輕功，居然也想來鑽研石壁上的武功？嘿嘿！」「人家醉八仙的醉步，那也是自有規範的高明武功，這個小兄弟的醉九仙，可太也滑稽了。」

石破天面紅過耳，停下步來，但向石壁看了一會，不由自主的又奔跑起來。轉了八九個圈子之後，全神貫注的記憶壁上雲氣，那三個老者的譏笑已一句也沒聽進耳中。也不知奔了多少圈子，待得將一團團雲氣的形狀記在心裏，停下步來，那三個老者已不知去向，身邊卻另有四人，手持兵刃，模仿壁上飛馬的姿式，正在互相擊刺。

這四人出劍狠辣，口中都唸唸有詞，誦讀石壁上的口訣注解。一人道：「銀光燦爛，鞍自平穩。」另一人道：「『照』者居高而臨下，『白』則皎潔而淵深。」又一人道：「天馬行空，瞬息萬里。」第四人道：「李商隱文：『手為天馬，心為國圖。』韻府：『道家以手為天馬』，原來天馬是手，並非眞的是馬。」

石破天心想：「這些口訣甚為深奧，我是弄不明白的。他們在這裏練劍，少則十年，多則三十年。我怎能等這麼久？反正沒時候多待，隨便瞧瞧，也就是了。」

當下走到第四室中，壁上繪的是「颯沓如流星」那一句的圖譜，他自去參悟修習。「俠客行」一詩共二十四句，即有二十四間石室圖解。他遊行諸室，不識壁上文字，只從圖畫中去修習內功武術。第五句「十步殺一人」，第十句「脫劍膝前橫」，第十七句「救趙揮金鎚」，每一句都是一套劍法。第六句「千里不留行」，第七句「事了拂衣去」，第八句「深藏身與名」，每一句都是一套輕身功夫。第九句「閑過信陵飲」，第十四句「五嶽倒為輕」，第二十一句「縱死俠骨香」，各是一套拳法掌法。第十三句「三杯吐然諾」，第十六句「意氣素霓生」，第二十句「烜赫大梁城」，則是吐納呼吸的內功。

他有時學得極快，一天內學了兩三套，有時卻連續十七八天都未學全一套。一經潛心武學，渾忘了時光流轉，也不知過了多少日子，終於修畢了二十三間石室中壁上的圖譜。

他每學完一幅圖譜，心神寧靜下來，便去催促白自在回去。但白自在對石壁上武學所知漸多，越來越沉迷，一見石破天過來催請，便即破口大罵，說他擾亂心神，躭誤了鑽研功夫，到後來更揮拳便打，不許他近身說話。

石破天無奈，去和范一飛、高三娘子等商量，不料這些人也一般的如痴如狂，全心都沉浸在石壁武學之中，拉著他相告，這一句的訣竅在何處，那一句的注釋又怎麼。

石破天惕然心驚：「龍木二島主邀請武林高人前來參研武學，本是任由他們自歸，但三十年來竟沒一人離島，足見石壁上的武學迷人極深。幸好我武功既低，又不識字，決不會像他們那樣留戀不去。」因此范一飛他們一番好意，要將石壁上的文字解給他聽，他卻只聽得幾句便即走開，再也不回頭，把聽到的說話趕快忘記，想也不敢去想。

屈指計算，到俠客島後已逾兩個半月，再過數天，非動身回去不可，心想二十四座石室我已看過了二十三座，再到最後一座去看上一兩日，圖形倘若太難，便來不及學了，要是爺爺一定不肯走，自己只有先回去，將島上情形告知史婆婆等衆人，免得他們放心不下。好在任由爺爺留島鑽研武功，那也絕無凶險。當下走到第二十四室之中。

走進室門，只見龍島主和木島主盤膝坐在錦墊之上，面對石壁，凝神苦思。石破天對這二人心存敬畏，不敢走近，遠遠站著，舉目向石壁瞧去，一看之下，微感失望，原來二十三座石室壁上均有圖形，這最後一室卻僅刻文字，並無圖畫。

他想：「這裏沒圖畫，沒甚麼好看，我去跟爺爺說，我今天便回去了。」想到數日後便可和阿綉、石清、閔柔等人見面，心中說不出的歡喜，當即跪倒，向兩位島主拜了幾拜，說道：「多承二位島主款待，又讓我見識石壁上的武功，十分感謝。小人今日告辭。」

龍木二島主渾不理睬，只凝望著石壁出神，於他的說話跪拜似乎全然不聞不見。石破天知道修習高深武功之時，人人如此全神貫注，倒也不以爲忤。順著二人目光又向石壁瞧了一眼，突然之間，只覺壁上那些文字一個個似在盤旋飛舞，不由得感到一陣暈眩，站立不定，似欲摔倒。

他定了定神，再看這些字跡時，腦中又是一陣暈眩。他轉開目光，心想：「這些字怎地如此古怪，看上一眼，便會頭暈？」好奇心起，注目又看，只見字跡的一筆一劃似乎都變成了一條條蝌蚪，在壁上蠕蠕欲動，但若凝目只看一筆，這蝌蚪卻又不動了。

他幼時獨居荒山，每逢春日，常在山溪中捉了許多蝌蚪，養在峯上積水而成的小池中，看牠們生腳脫尾，變成青蛙，跳出池塘，閣閣之聲吵得滿山皆響，解除了不少寂寞。此時便如重逢兒時的遊伴，欣喜之下，細看一條條蝌蚪的情狀。只見無數蝌蚪或上竄、或下躍，姿態各不相同，甚是有趣。

他看了良久，陡覺背心「至陽穴」上內息一跳，心想：「原來這些蝌蚪看似亂鑽亂遊，其實還是和內息有關。」看另一條蝌蚪時，背心「懸樞穴」上又是一跳，然而從「至陽穴」至「懸樞穴」的一條內息卻串連不起來；轉目去看第三條蝌蚪，內息卻全無動靜。

忽聽得身旁一個冷冷的聲音說道：「石幫主注目《太玄經》，原來是位精通蝌蚪文的大方家。」石破天轉過頭來，見木島主一雙照耀如電的目光正瞧著自己，不由得臉上一熱，忙道：「小人一個字也不識，只是瞧這些小蝌蚪十分好玩，便多看了一會。」

木島主點頭道：「這就是了，這部《太玄經》以古蝌蚪文寫成，我本來正自奇怪，石幫主年紀輕輕，居然有此奇才，識得這等古奧文字。」石破天訕訕的道：「那我不看了，不敢打擾兩位島主。」木島主道：「你不用去，儘管在這裏看便是，也打擾不了咱們。」說著閉上了雙目。

石破天待要走開，卻想如此便即離去，只怕木島主要不高興，再瞧上片刻，然後出去便了。轉頭再看壁上的蝌蚪時，小腹上的「中注穴」突然劇烈一跳，不禁全身爲之震動，尋思：「這些小蝌蚪當眞奇怪，還沒變成青蛙，就能這麼大跳而特跳。」不由得童心大盛，一條條蝌蚪的瞧去，遇到身上穴道猛烈躍動，覺得甚是好玩。

壁上所繪小蝌蚪成千成萬，有時碰巧，兩處穴道的內息連在一起，便覺全身舒暢。他看得興發，早忘了木島主的言語，自行找尋合適的蝌蚪，將各處穴道中的內息串連起來。但壁上蝌蚪不計其數，要將全身數百處穴道串成一條內息，那是談何容易？石室之中不見天日，惟有燈火，自然不知日夜，只是腹饑便去吃麵，吃了八九餐後，串連的穴道漸多。

但這些小蝌蚪似乎一條條的都移到了體內經脈穴道之中，又像變成了一隻隻小青蛙，在他四肢百骸間到處跳躍。他既覺有趣，又感害怕，只有將幾處穴道連了起來，其中內息的動盪跳躍才稍爲平息，然而一穴方平，一穴又動，他猶似著迷中魔一般，只凝視石壁上的文字，直到倦累不堪，這才倚牆而睡，醒轉之後，目光又讓壁上千千萬萬小蝌蚪吸了過去。

如此痴痴迷迷的饑了便吃，倦了便睡，餘下來的時光只瞧著那些小蝌蚪，有時見到龍木二島主投向自己的目光甚爲奇異，心中羞愧之念也是一轉即過，隨即不復留意。

也不知是那一天上，突然之間，猛覺內息洶湧澎湃，頃刻間衝破了七八個窒滯之處，竟如一條大川般急速流動起來，自丹田而至頭頂，自頭頂又至丹田，越流越快。他驚惶失措，一時間沒了主意，不知如何是好，只覺四肢百骸之中都是無可發洩的力氣，順手便將「五嶽倒爲輕」這套掌法使將出來。

掌法使完，精力愈盛，右手虛執空劍，便使「十步殺一人」的劍法，手中雖然無劍，劍招卻源源而出。

「十步殺一人」的劍法尚未使完，全身肌膚如欲脹裂，內息不由自主的依著「趙客縵胡纓」那套經脈運行圖譜轉動，同時手舞足蹈，似是大歡喜，又似大苦惱。「趙客縵胡纓」既畢，接下去便是「吳鈎霜雪明」，他更不思索，石壁上的圖譜一幅幅在腦海中自然湧出，自「銀鞍照白馬」直到第二十三句「誰能書閣下」，一氣呵成的使了出來，其時劍法、掌法、內功、輕功，盡皆合而爲一，早已分不出是掌是劍。

待得「誰能書閣下」這套功夫演完，只覺氣息逆轉，便自第二十二句「不慚世上英」倒使上去，直練至第一句「趙客縵胡纓」。他情不自禁的縱聲長嘯，霎時之間，謝煙客所傳的炎炎功、自木偶體上所學的內功、從雪山派羣弟子練劍時所見到的雪山劍法、丁瑺所授的擒拿法、石清夫婦所授的上清觀劍法、丁不四所授的諸般拳法掌法、史婆婆所授的金烏刀法，都紛至沓來，湧向心頭。他隨手揮舞，已不按次序，但覺不論是「將炙啖朱亥」也好，是「脫劍膝前橫」也好，皆能隨心所欲，既不必存想內息，亦不須記憶招數，石壁上的千百種招式，自然而然的從心中傳向手足。他越演越是心歡，忍不住哈哈大笑，叫道：「妙極！」

忽聽得兩人齊聲喝采：「果然妙極！」

石破天一驚，停手收招，只見龍島主和木島主各站在室角之中，滿臉驚喜的望著他。石破天忙道：「小人不分輕重的胡鬧，請兩位見諒。」心想：「這番可糟糕了。我在這裏亂動亂叫，可打擾了兩位島主用功。」不由得甚是惶恐。

只見兩位島主滿頭大汗淋漓，全身衣衫盡濕，站身之處的屋角落中也盡是水漬。

龍島主道：「石幫主天縱奇才，可喜可賀，受我一拜。」說著便拜將下去。木島主跟著拜倒。石破天大驚，急忙跪倒，連連磕頭，只磕得咚咚有聲，說道：「兩位如此……這個……客氣，這……這可折殺小人了。」

龍島主道：「石幫主……請……請起……」

石破天站起身來，只見龍島主欲待站直身子，忽然晃了兩晃，坐倒在地。木島主雙手據地，也站不起來。石破天驚道：「兩位怎麼了？」忙過去扶著龍島主坐好，又將木島主扶起。龍島主搖了搖頭，臉露微笑，閉目運氣。木島主雙手合什，也自行功。

石破天不敢打擾，瞧瞧龍島主，又瞧瞧木島主，心中驚疑不定。過了良久，木島主呼了一口長氣，一躍而起，過去抱住了龍島主。兩人摟抱在一起，縱聲大笑，顯是歡喜無限。石破天不知他二人爲甚麼這般開心，只有陪著傻笑，但料想決不會是壞事，心中大爲寬慰。

龍島主扶著石壁，慢慢站直，說道：「石幫主，我兄弟悶在心中數十年的大疑團，得你今日解破，我兄弟委實感激不盡。」石破天道：「我怎地……怎地解破了？」龍島主微笑道：「石幫主何必如此謙光？你參透了這首『俠客行』的石壁圖譜，不但是當世武林中的第一人，除了當年在石壁上彫寫圖譜的那位前輩之外，只怕古往今來，也極少有人及得上你了。」

石破天甚是惶恐，連說：「小人不敢，小人不敢。」

龍島主道：「這石壁上的蝌蚪古文，在下與木兄弟所識得的還不到一成，不知石幫主肯賜予指教麼？」

石破天瞧瞧龍島主，又瞧瞧木島主，見二人臉色誠懇，卻又帶著幾分患得患失之情，似怕自己不肯吐露秘奧，忙道：「我跟兩位說知便是。我看這條蝌蚪時，『中注穴』中便有跳動；再看這條蝌蚪，『太赫穴』便大跳一下……」他指著一條條蝌蚪，解釋給二人聽。他說了一會，見龍木二人神色迷惘，似乎全然不明，問道：「我說錯了麼？」

龍島主道：「原來……原來……石幫主看的是一條條……一條條那個蝌蚪，不是看一個個字，那麼石幫主如何能通解全篇《太玄經》？」

石破天臉上一紅，道：「小人自幼沒讀過書，當眞是一字不識，慚愧得緊。」

龍木二島主一齊跳了起來，同聲問道：「你不識字？」

石破天搖頭道：「不識字。我……我回去之後，定要阿綉教我識字，否則人人都識字，我卻不識得，給人笑話，多不好意思。」

龍木二島主見他臉上一片淳樸眞誠，絕無狡黠之意，實不由得不信。龍島主只覺腦海中一團混亂，扶住了石壁，問道：「你既不識字，那麼自第一室至第二十三室，壁上這許許多多注釋，卻是誰解給你聽的？」

石破天道：「沒人解給我聽。白爺爺解了幾句，關東那位范大爺解了幾句，我也不懂，沒聽下去。我……我只是瞧著圖形，胡思亂想，忽然之間，圖上的雲頭或是小劍甚麼的，就和身體內的熱氣連在一起了。」

木島主道：「你不識字，卻能解通圖譜，這……這如何能夠？」龍島主道：「難道冥冥中眞有天意？還是這位石幫主眞有天縱奇才？」

木島主突然一頓足，叫道：「我懂了，我懂了。大哥，原來如此！」龍島主一呆，登時也明白了。他二人共處數十年，修爲相若，功力亦復相若，只木島主沉默寡言，比龍島主少了一分外務，因此悟到其中關竅之時，便比他早了片刻。兩人四手相握，臉上神色既甚凄楚，又頗苦澀，更帶了三分歡喜。

龍島主轉頭向石破天道：「石幫主，幸虧你不識字，才得解破這個大疑團，令我兄弟死得瞑目，不致抱恨而終。」

石破天搔了搔頭，問道：「甚麼……甚麼死得瞑目？」

龍島主輕輕嘆了口氣，說道：「原來這許許多多注釋文字，每一句都在故意導人誤入歧途。可是參研圖譜之人，又有那一個肯不去鑽研注解？」石破天奇道：「島主你說那許多字都是沒用的？」龍島主道：「非但無用，而且大大有害。倘若沒這些注解，我二人的無數心血，又何至盡數虛耗，數十年苦苦思索，多少總該有些進益罷。」

木島主喟然道：「原來這篇《太玄經》也不是眞的蝌蚪文，只不過……只不過是一些經脈穴道的線路方位而已。唉，四十年的光陰，四十年的光陰！」龍島主道：「白首太玄經！兄弟，你的頭髮也眞雪白了！」木島主向龍島主頭上瞧了一眼，「嘿」的一聲。他雖不說話，三人心中無不明白，他意思是說：「你的頭髮何嘗不白？」

龍木二島主相對長嘆，突然之間，顯得蒼老異常，更無半分當日臘八宴中的神采威嚴。

石破天仍感大惑不解，又問：「他在石壁上故意寫上這許多字，教人走上錯路，那是爲了甚麼？」龍島主搖頭道：「到底是甚麼居心，那就難說得很了。這位武林前輩或許不願後人得之太易，又或者這些注釋是後來另外有人加上去的。這往昔之事，誰也不知道的了。」木島主道：「或許這位武林前輩不喜讀書人，故意布下圈套，好令像石幫主這樣不識字的忠厚老實之人得益。」龍島主嘆道：「這位前輩用心深刻，又有誰推想得出？」

石破天見他二人神情倦怠，意興蕭索，心下好大的過意不去，說道：「二位島主，倘若我學到的功夫確實有用，自當盡數向兩位說知。咱們這就去第一座石室之中，我一一說來，我……我……我決不敢有絲毫隱瞞。」

龍島主苦笑搖頭，道：「小兄弟的好意，我二人心領了。小兄弟宅心仁厚，該受此益，日後領袖武林羣倫，造福蒼生，自非鮮淺。我二人這一番心血也不算白費了。」木島主道：「正是，圖譜之謎既已解破，我二人心願已了。是小兄弟練成，還是我二人練成，那也都是一樣。」

石破天求懇道：「那麼我把這些小蝌蚪詳詳細細說給兩位聽，好不好？」

龍島主淒然一笑，說道：「神功既得傳人，這壁上的圖譜也該功成身退了。小兄弟，你再瞧瞧。」

石破天轉身向石壁瞧去，不由得駭然失色。只見石壁上一片片石屑正自慢慢跌落，滿壁的蝌蚪文字也已七零八落，殘破斷缺，只剩下了七八成。他大驚之下，道：「怎……怎麼會這樣？」

龍島主道：「小兄弟適才……」木島主道：「此事慢慢再說，咱們且去聚會衆人，宣布此事如何？」龍島主登時會意，道：「甚好，甚好。石幫主，請。」

石破天不敢先行，跟在龍木二島主之後，從石室中出來。龍島主傳訊邀請衆賓，召集弟子，同赴大廳聚會。

原來石破天解悟石壁上神功之後，情不自禁的試演。龍木二島主一見之下大為驚異，龍島主當即上前出掌相邀。其時石破天猶似著魔中邪，一覺有人來襲，自然而然的還掌相應，數招之後，龍島主便覺難以抵擋，木島主當即上前夾擊。他二人的武功，當世已找不出第三個人來，可是二人聯手，仍敵不住石破天新悟的神妙武功。本來二人倘若立即收招，石破天自然而然的也會住手，但二人均要試一試這壁上武功到底有多大威力，四掌翻飛，越打越緊。他二人掌勢越盛，石破天的反擊也是越強，三個人的掌風掌力撞向石壁，竟將石壁的浮面都震得酥了。單是龍木二島主的掌力，便能銷毀石壁，何況石破天內力本來極強，再加上新得的功力，三人的掌力都是武學中的巔峯功夫，鋒芒不顯，是以石壁雖毀，卻並非立時破碎，而是慢慢的酥解跌落。

木島主知道石破天試功之時便如在睡夢中一般，於外界事物全不知曉，因此阻止龍島主再說下去，免得石破天為了無意中損壞石壁而心中難過；再說石壁之損，本是因他二人出手邀掌而起，其過在己而不在彼。

三人來到廳中坐定，衆賓客和諸弟子陸續到來。龍島主傳令滅去各處石室中的燈火，以免有人貪於鑽研功夫，不肯前來聚會。

衆賓客紛紛入座。過去三十年中來到俠客島上的武林首領，除因已壽終逝世之外，都已聚集大廳。三十年來，這些人朝夕在二十四間石室中來來去去，卻從未如此這般相聚一堂。

龍島主命大弟子查點人數，得悉衆賓俱至，並無遺漏，便低聲向那弟子吩咐了幾句。那弟子神色愕然，大有驚異之態。木島主也向本門的大弟子低聲吩咐幾句。兩名大弟子聽得師父都這麼說，又再請示好一會，這才奉命，率領十餘名師弟出廳辦事。

龍島主走到石破天身旁，低聲道：「小兄弟，適才石室中的事情，你千萬不可向旁人說起。就算是你最親近之人，也不能讓他得知你已解明石壁上的武功秘奧，否則你一生之中將有無窮禍患，無窮煩惱。」石破天應道：「是，謹遵島主吩咐。」

龍島主又道：「常言道：慢藏誨盜。你身負絕世神功，倘若有人得悉，武林中不免有人因羨生妒，因妒生恨，或求你傳授指點，或迫你吐露秘密，若所求不遂，就會千方百計的來加害於你。你武功雖高，但忠厚老實，委實防不勝防。因此這件事說甚麼也不能洩露了。」石破天應道：「是，多謝島主指點，晚輩感激不盡。」

龍島主握著他手，低聲道：「可惜我和木兄弟不能見你大展奇才，揚威江湖了。」木島主似是知道他兩人說些甚麼，轉頭瞧著石破天，神色間也充滿了關注與惋惜之意。石破天心想：「這兩位島主待我這樣好，我回去見了阿綉之後，定要同她再來島上，拜會他二位老人家。」

龍島主向他囑咐已畢，這才歸座，向羣雄說道：「衆位朋友，咱們在這島上相聚，總算是一番緣法。時至今日，大夥兒緣份已盡，這可要分手了。」

羣雄一聽之下，大為驚駭，紛紛相詢：「為甚麼？」「島上出了甚麼事？」「兩位島主有何見教？」「兩位島主要離島遠行嗎？」

衆人喧雜相問聲中，突然後面傳來轟隆隆、轟隆隆一陣陣有如雷響的爆炸之聲。羣雄立時住口，不知島上出了甚麼奇變。

龍島主道：「各位，咱們在此相聚，只盼能解破這首『俠客行』武學圖解的秘奧，可惜時不我予，這座俠客島轉眼便要陸沉了。」

羣雄大驚，紛問：「為甚麼？」「是地震麼？」「火山爆發？」「島主如何得知？」

龍島主道：「適才我和木兄弟發見本島中心即將有火山噴發，這一發作，全島立時化為火海。此刻雷聲隱隱，大害將作，各位急速離去罷。」

羣雄將信將疑，都拿不定主意。大多數人貪戀石壁上的武功，寧可冒喪生之險，也不肯就此離去。龍島主道：「各位如果不信，不妨去石室一觀，各室俱已震坍，石壁已毀，便地震不起，火山不噴，留在此間也無事可爲了。」

羣雄聽得石壁已毀，無不大驚，紛紛搶出大廳，向廳後石室中奔去。石破天也隨著衆人同去，只見各間石室果然俱已震得倒塌，壁上圖譜盡皆損毀。石破天知是龍木二島主命弟子故意毀去，心中好生過意不去，尋思：「都是我不好，闖出這等的大禍來。」

早有人瞧出情形不對，石室之毀顯是出於人爲，並非地震使然，振臂高呼，又羣相奔回大廳，要向龍木二島主質問。剛到廳口，便聽得哀聲大作，羣雄驚異更甚，只見龍木二島主閉目而坐，羣弟子圍繞在二人身周，俯伏在地，放聲痛哭。

石破天嚇得一顆心似欲從腔中跳了出來，排衆而前，叫道：「龍島主、木島主，你……你們怎麼了？」只見二人容色僵滯，原來已然逝世。石破天回頭向張三、李四問道：「兩位島主本來好端端地，怎麼……怎麼便死了？」張三嗚咽道：「兩位師父逝世之時，說道他二人大願得償，雖離人世，心中……卻感滿足，十分平安喜樂。」

石破天心中難過，不禁哭出聲來。他不知龍木二島主突然去世，一來年壽本高，得知圖譜的秘奧之後，於世上更無縈懷之事；二來更因石室中一番試掌，石破天內力源源不絕，龍木二島主竭力抵禦，終於到了油盡燈枯之境。他若知二位島主之死與自己實有莫大干係，更要深自咎責、傷心無已了。

那身穿黃衫的大弟子拭了眼淚，朗聲說道：「衆位嘉賓，我等恩師去世之前，遺命請各位急速離島。各位以前所得的『賞善罰惡』銅牌，日後或仍有用，請勿隨意丟棄。他日各位若有爲難之事，持牌到南海之濱的小漁村中相洽，我等兄弟或可相助一臂之力。」羣雄失望之際，都不禁又是一喜，均想：「俠客島羣弟子武功何等厲害，有他們出手相助，縱有天大的禍患，也擔當得起。」

那身穿青衫的大弟子說道：「海邊船隻已備，各位便請動程。」當下羣雄紛紛向龍木二島主的遺體下拜作別。

張三、李四拉著石破天的手。張三說道：「兄弟，你這就去罷，日後我們當來探你。」李四道：「三弟，我們恩師吩咐，以後要當你是俠客島的自己人一般相待。」

石破天和二人別過，隨著白自在、范一飛、高三娘子、天虛道人等一干人來到海邊，上了海船。此番回去，所乘的均是大海船，只三四艘船，便將羣雄都載走了，拔錨解纜，揚帆離島。

俠客行. 3,石壁古詩 / 金庸作.　-- 二版.　-- 臺北市：
遠流，2019.04
面；　公分. --(大字版金庸作品集；53)
大字版
ISBN 978-957-32-8497-0 (平裝)

857.9　　　　　　　　　　　　　108003404

鏞